人世之初到人世之末，至远不过三万六千五百天罢了。

我们每个人终将落幕。

我不想这一生没有见过世界就老去。

流浪的生活像一场梦，魔幻而不真实，

快乐和孤独是那样的分裂。

极致的快乐和极致的孤独会同时出现。

我在半夜醒来，

静静地听外面的声音，

有时是鸟叫声，有时是车鸣声，有时是呼啸而过的风声。

黑夜里一切都是那样的分明。

自由并不一定是四海为家,也不一定是浪迹天涯。

或许能让你心安的一切都是自由。

无论是我们所渴望的还是所拥有的,

其实都是幸福。

静静地望着天边的明月，

静静地望着绝美的夕阳，

静静地望着巍峨的大山，

静静地望着一望无际的荒野，

静静地望着月亮悄悄爬上枝头。

感受着时间一点一点滑过，

看着这个世界一点一点在我眼前显现，

思绪随着这广袤无垠的天地飞扬。

离别，

重逢，

想念，

再见，

或者再也不见，

这好像就是人生，

无论你喜欢或者厌恶，每个人都无法逃脱。

抬起头看见别人看不到的景，

听见别人听不见的声，

活在自己的梦里，

这都是远方。

人总是喜欢心生妄念，

对那些得不到的东西，念念不忘。

却不知道，

我们所拥有的亦是别人渴望得到的。

长大后的我们已不再轻易谈起感情，对所有的关系都变得有所保留。

我们害怕离别，害怕付出，害怕失去，害怕一切不确定的东西。

我们不再轻易谈起感情，变得冷漠而理性。

我们忍受孤独，忍受寂寞，也忍受一切的不被理解。

我们渐渐拒绝所有的靠近，对每一段关系都保持疏离的态度。

half ideality, half reality

一半诗意，一半烟火

无戒 著

山东画报出版社

济南

图书在版编目（CIP）数据

一半诗意，一半烟火 / 无戒著. -- 济南 : 山东画报出版社, 2025.1. -- ISBN 978-7-5474-5027-7

Ⅰ.I267

中国国家版本馆CIP数据核字第2024HJ6327号

YIBAN SHIYI, YIBAN YANHUO
一半诗意，一半烟火
无戒 著

责任编辑	张 倩
版式设计	王 芳 张智颖
封面设计	光·合·时·代
主管单位	山东出版传媒股份有限公司
出版发行	山东画报出版社
社 址	济南市市中区舜耕路517号 邮编 250003
电 话	总编室（0531）82098472
	市场部（0531）82098479
网 址	http://www.hbcbs.com.cn
电子信箱	hbcb@sdpress.com.cn
印 刷	济南鲁艺彩印有限公司
规 格	140毫米×203毫米 32开
	8.25印张 7幅图 165千字
版 次	2025年1月第1版
印 次	2025年1月第1次印刷
书 号	ISBN 978-7-5474-5027-7
定 价	52.00元

如有印装质量问题，请与出版社总编室联系更换。

序言

九月金桂落香，阅读这本《一半诗意，一半烟火》。

文字的香气从纸页间漫溢开来，与缥缈的桂香融在一起，让人心神激荡。

这个时代的悲哀是，读书的人越来越少了。在挑选书籍时，大家也越来越瞄准实用性。好像不是那种读完之后立竿见影让自己的生活变好的书，就失去了阅读的价值。于此，散文好像成了"无用"之书。

越来越多的人变得焦虑、迷茫、撕裂，实用主义的书却无法缓解内心的灼烧。这个时候，散文的"无用"成为"实用"。

这是无戒第一部散文。她写恢宏的天地、写艰难的人间、写曲折的自己。

"生命开始变得有意义，我看到了更多人如同我一样，在生活里苦苦挣扎，或为情，或为爱，或为钱，或者为了苟且地活着。每一步都那么艰难、不易，都伴随着泪水、辛酸、痛苦。我悄悄地把他们刻进我的故事里，给他们一份得不到的幸福。那一刻，我感觉自己如同一个织梦师那般神奇。"

阅读散文的过程，就像是给干涸开裂的河床注入新鲜的、清澈的、流动的河水，缓缓地激活内心的柔软与弹性。在与文字迎面相遇的时候，你会不由自主地减缓厮杀追逐的脚步，停止坚硬无情的冷漠，召回久违的生命之初的触动。你需要释放自己内心的善意，才能迎接这一场情感的洗礼。

我们假借作者丰富的历程，观察自我的生活。我们假借作者婉约的体悟，觉察自我的内心。这便是"借假修真"。

我们在这流动的文字音符中，与自己的幼年、少年、青年、老年相遇。你所忘却的起点，你尚未抵达的终点，都在文字中一一显现。

刘慈欣写过：你在平原上走着走着，突然迎面遇到一堵墙。这墙向上无限高，向下无限深，向左无限远，向右无限远。这墙是什么？——这墙，是死亡。

人世之初到人世之末，至远不过三万六千五百天罢了，每个人终将落幕。

我不想这一生没有见过世界就老去，我不想以后想起年轻全是悔恨之事，我不想像动物一样被圈在百平之地。所以，我才要不断地拓展自己世界的边界，想要在这有限的一生，尽可能容纳更多的风景。

但遇见了、错过了、走过了、经过了无数的人，到头来依然白茫茫一片，还是自己一个人，这就是人生。

你的所见、所听是真实的吗？何为真？何为假？什么才是真相呢？又是什么遮蔽了你的双眼？

凡所有相，皆是虚妄。

无戒是天真的、孤独的作家。天真或许会碰壁，但对于一个作家来说，去天真就是死亡。一个人的死亡不是从肉体开始的，而是从他剥离天真开始的。所以，我总是欣赏那些生性天真、率性而为的人。雪不知自己的白，梅不知自己的香，美人不知自己的美，天真的人也不知自己的可爱。

"有人说每个喜欢写作的人都是孤独的，我越来越觉得是孤独的人都喜欢用写作来释放自我。这个过程让我们有一种强烈的归属感，释放出心中那些阴暗的情绪。"

写作的人大都是孤独的。

在漫长的写作岁月中，她与无数故事相逢，讲述的都是她自己的故事；她与无数陌生人相遇，遇见的都是她自己。

而你，在这本书看见的所有故事，也都是自己的故事；看见的所有人，也都是自己的内心投射；看见的所有情感，也都是自己情感的显现。

人生不过就是一场跋山涉水的归途。

——杜培培

前言

这一本散文集比预想的要来得更晚一些,但我更庆幸它现在才和大家见面。经过十年时间的沉淀,整理出来的这本书,更符合我的预期。

从十几岁开始用文字记录生活,一直持续到现在。有人说:"无戒,你的散文比你的小说写得更好。"其实我一直都知道,散文比小说更接近真实,更接近生活,也更接近人心中那隐秘的角落。

有人说作家都是裸奔的,没有属于自己的秘密。当这本《一半诗意,一半烟火》完结的时候,我终于明白这种裸奔是什么意思。那些真实的情感、那些内心的挣扎,以及所渴望的、所纠结的、所向往的、所拥有的、所失去的,都出现在这本书里。

我想要的诗和远方，我想要的平常日子依旧，到底哪个才是我们应该过的人生？

年少时渴望浪迹天涯的生活，中年时渴望安定的生活。身体里有一颗不安于现状的心，装着远方。到底哪里才是远方？远方有我们想要的幸福吗？

走过五六十座城市，在不同的城市里游荡，寻找想要的答案。在现实生活里游离，心没有安处。如此过了很多年。那些隐秘的孤独、寂寞和触不可及的自由，成为无法好好生活的缘由。

那么，什么又是自由？是无牵无挂，还是四海为家？我们要如何活着？又要如何面对死亡？如果死亡是人生的终点，那么活着的意义又是什么？家是幸福的港湾，还是禁锢自由的囚笼？要怎样处理好我们和世界的关系、和众人的关系、和最爱的人之间的关系？……

在人生的长河中，每个人都在努力地寻找着答案。而这本书是我的困惑，也是我的答案。这个成长的过程漫长而痛苦，有时会被某个问题长久地困住；有时找到答案之后，又亲手推翻它；有时会彻底陷入混乱，不知道什么是对什么是错，如此反复。

难得有放空的时刻，便会万分珍惜，但是很快又会陷入这种找不到答案的混乱。在内心清明的时候，我会记录下某些片段。这些片段组成了这本书。

这本书，是我活过三十多年在尘世间留下的痕迹。

这本书于我来说是宝贵的。若是你有缘看到它，哪怕书中有一句话对你有价值，便已足矣。

无戒 2023 年 11 月 11 日于西安

目录

1	故事	46	健康
7	平静	50	十年
11	意义	56	房子
14	关系	60	选择
19	允许	63	自卑
24	生死	68	梦境
28	情绪	71	本我
31	自救	75	孤独
35	痛苦	80	希望
38	婚姻	85	当下
42	爱情	89	旅途

一半诗意,
一半烟火

93	独行
97	青海
100	长安
103	山水
106	苏州
110	西藏
114	出国
118	异国
123	他乡
128	再见
133	偏爱
138	和解

143	释怀	187	博弈
147	母亲	192	创作
152	父亲	197	困境
156	回家	201	闺蜜
161	荒野	207	缅怀
165	遇见	214	女孩
170	看客	221	流浪
175	句号	225	松弛
180	写作		
184	虚构	230	后记

故事

我走了很久的路，听到了很多故事，在路上寻找我想要的答案。每个故事里都有他们对生命的期待。这些故事里装满了人间的悲欢离合。我像一名流浪者，拉着皮箱，皮箱里装着偷故事的钥匙，一边行走，一边寻觅着可以停下来偷故事的地方。

选择一个人流量最大、人群最密集的地方，蹲下，从皮箱里掏出我的法宝——一张宣传单，上面写着"以书换故事——你讲一个故事，我送你一本签名书"。第二行赫然署着无戒的大名，也不顾别人是否知道无戒，似乎这并不重要。把宣传单先晒出来，引得人群关注，慢悠悠地摆上那些可以换来故事的筹码——一本本书。最后，把背了许久的小凳子拿出来摆在一旁。准备工作就这样完成了。

找一个显眼的位置坐着，微笑地对着人群，等待着第一个来讲故事的人。

那一刻我并不从容，很拘谨，很忐忑，还有些不知所措。思绪总是不经意飘到很久以前。好像是同样的动作、同样的冬日，我曾一样坐在街头摆摊。那时候卖袜子，而现在换故事。从现实到了梦境，一切显得很不真实。我努力让自己淡定下来，再次看着人来人往的街头。见有人驻足停留，我鼓起勇气说："以书换故事，你有故事吗？"

他们茫然地看着我，然后又看看我的摊位，笑笑，摆摆手便走了。

我有些失意，原来这故事是不容易得的。我应该怎么做呢？在我思索的片刻，一个穿制服的男人走了过来，他对我说："这里不能摆摊，赶快走。快点！快点！"我想解释，我没有卖东西，但是他似乎听不见，脸上毫无表情，没有任何耐心，于是我收起了我的书。就在那一刻，我发现，在制服男人的眼里，我和所有的摊贩并无区别。我收起了自己的书，抱着我的小板凳，拉着皮箱继续走。临走时，我对制服男人说："难道一座城市容不下文化？"他看也没有看我，就走了。我感觉他听到了，又觉得他没有听到。我仔细想着自己刚才说的那句话，发现，我竟然说出那样狂妄的一句话，顿时觉得羞愧难当。

在后来的故事里，每一次遇见制服男人的时候，我不再解释，只是快速收拾东西离开，就像当年卖袜子时收拾摊位一样熟练。这事并不难，比解释更简单，以免自己说出更狂妄的话。

不过我还是收集到了故事。在我四处流浪的二十天里，在无数陌生的街头，在和制服男人斗智斗勇的过程中，我还是听到了很多故事，这让我很满足。坐在我对面的男男女女、老老少少，讲述着自己的故事，讲到动情处会抑制不住内心的悲伤，不自觉地流泪。我会握住他们的手。在冬天的街头，他们的手冰冷，滴落在手上的眼泪也冰冷。

每个人的故事都曲折而让人难忘。这些故事里藏着许许多多的人生难题。我知道他们看似在讲故事，其实是在寻找答案。

一个从小被父母抛弃，被爷爷奶奶抛弃，十五岁离家独自生活的女孩断舍离了所有关系。她问我："你觉得我无情吗？他们从来没有爱过我，从未关心过我如何长大。我为什么会有这样的父母？我为什么要做他们的孩子？"

一个一生漂泊的男人，在六十岁的时候被社会抛弃，没有家，没有孩子，没有工作，只能靠捡垃圾为生。他说："谢谢你愿意听我说话，谢谢你的尊重和耐心。"

一个十六岁的女孩，因为父母离异，患上严重的抑郁症，自杀过四次，最后一次吃了好多安眠药。洗胃的时候她问医生："我还能活吗？"在那一刻，她生出了活着的勇气。我一点也看不出来她竟然有这样一段故事，因为现在的她看起来阳光、可爱、爱笑，是个幸福的孩子。

一个十七岁的男孩，十一岁时父亲去世后，跟着母亲长大。因为学习成绩不好，他一直被老师质疑智商不够，内心敏感脆弱。他想成为一名画家，可是妈妈对他寄予无限的期望，希望他可以好好读书，将来有稳定的工作。他说："明年就要高考了，我知道我考不上大学。此时很茫然，不知道会有什么样的未来。"

一个三十六岁的妈妈，逃离家庭，来古城寻找自己。老公家暴，公公赌博，婆婆一直各种作。她在那样的婚姻里饱受摧残。她说："回去之后我决定离婚，我已经无法再以孩子为借口，继续忍受这段婚姻了。"

一个在三本大学喜欢学习而被孤立的女孩，情绪崩溃，在父母的陪伴下来古城散心。她问我："难道做自己也有错吗？我一定要像大家一样去浪费时间吗？"

……………

我听了很多很多故事，到后来，大脑都已经储存不下了，于是我把这些故事记在便签里。在记录的时候，我发现我偷的不是故事，而是别人的人生。我没有给任何人任何建议，只是静静地听着。他们看起来喜欢我这样安静的听众。有时作为交换，我也会讲我的故事给他们，还在离别的时候互相祝福。那些悲伤的、痛苦的、隐秘的故事，在讲完的那一刻似乎消失不见，被很好地掩藏了起来，不再出现在他们未来的生命中。

记得有个姑娘跟我说："和你聊天很舒服，你是一个很好的树洞。或许有时我们需要的不是建议，而是倾诉。"我笑着拥抱她，在她的口中，我像一个智者，这足以让我从这些悲伤的故事之外获得短暂的快乐。

故事结束了，而他们的人生还在继续。每个人还在继续寻找答案，我亦是如此。在这场看似无厘头的冒险故事里，治愈的是别人还是自己？

我突然想起，小时候因为父母过于严厉，于是渴望自己是个孤儿。而在遇见那个真的无依无靠的女孩的时候，我才知道，这个渴望是多么可笑。人总是对没有得到的生活充满无限的向往，甚至无限去美化那样的生活。

他们的故事反复出现在我的脑海中。我不断思考着关于他们的人生困境，在每一个困境中，我似乎都看到了自己。那么我遇见的是谁？直到他的出现，我才知道，原来我遇见的每一个人都是内心深处的自己而已。

他是一名流浪歌手。他说："我的父亲在我十一岁的时候消失。我找了他很多年，都杳无音信。我想写首歌给他。"我听着他的故事，觉得无比熟悉，突然想起那个叫尹佳的女孩。她的母亲在她十六岁的时候离开，她从十八岁开始寻找母亲，但找了很多年都没有结果。

那是我幻想的一个故事。在故事里，我给了母亲自由，让她离开去做自己想做的事情。在人世间，我却看到了一个真实的"尹佳"。他的生活满是遗憾和痛苦，还有对父亲的想念。我终于明白，为什么在听他们讲故事的时候，总是有莫名的熟悉感，原来我曾在我的小说里见过他们。那么，人生是一个故事，还是每个故事都是人生呢？

深夜，我从街头归来，躺在床上休息，耳边总是有一个声音在说：请记得他们，永远不要忘记；请写出他们的故事，记得替他们寻找解决这些人生困境的方法。我对着黑夜轻声说了一声："好！"这像是某种承诺，又像是某种神圣的仪式。

平静

医院到处都充斥着消毒水的味道,在这封闭的空间待久了,不管有病没病,人都会变得蔫蔫的。头晕乎乎的,看窗外的世界,也会变得模糊不清。母亲躺在床上打吊瓶,我坐在她的旁边看书。那是一个从未听过的作家的短篇小说集,文字具有超强的张力,特别吸引人。故事里的男男女女充满情欲,他们的爱是那样真实且汹涌。

我突然发现,我的生活失去了什么,是那汹涌的情感,还是那些可以让作家灵感爆发的情绪?似乎现有的一切都是平静的。生活是平静的,爱也是平静的,连同情绪也是平静的。痛苦出现的时候,甚至不会在心里掀起波澜,只能可劲儿地折磨肉体。情绪波动不会表现在行为上,而是在躯体上。身体会出现不适，但行为不会，言语不会，心理也不会。

用一个什么词来形容呢？淡漠。对，就是这个词。淡漠，对一切都很漠视。没有什么是重要的，也没有什么是值得计较的，一切都变得无所谓。我常常会想起曾经的自己，那个激进的、偏执的、情感汹涌的、自我的自己。她的情绪很分明，快乐和不快都写在脸上，都表现在行为上。

近年来，情绪稳定，成为一种流行，成为人人渴望的一种品质。每个人都在努力控制自己的情绪，渴望自己可以成为一个波澜不惊的人。可是这样真的好吗？我很茫然。

我努力回忆与我相关的所有人：我会因为闺蜜不陪我，对她们发脾气；会因为和父母观点不一样，突然情绪爆发，大哭不止；会因为和老公意见不合，争吵不休，离家出走；会因为某个人不被公平对待，义愤填膺。

而如今，这些行为全部消失了，而且消失得很彻底。

我开始接受发生的一切，允许一切的存在，理解每个人，理解每件事。用别人的话来说，我变成了一个有智慧且接近完美的人。可是这样的人会快乐吗？好像有时候很快乐，没有任何事情可以束缚我，不会内耗，不会为不必要的事情浪费精力。可是有时候，又觉得不快乐，常常会陷入一种莫名虚无的状态，感觉什么都摸不到，生活像一场梦，梦里所有人也变得不重要。当然自己也不重要了。

就像此刻，住在医院里，很麻木，没有不快，也不觉得累，只是总觉得这个生活，像个幻境，不是真实的生活。

母亲的针打完了，伺候她上厕所。当人老去，回归到婴儿时期的状态，很多能力丧失，仍然有超强的生命力。我忍不住问她："妈妈，你觉得什么是幸福？"她说："现在就是幸福——老了、病了，有人管。"见她脸上是笑着的，我觉得她应该是幸福的。她行动不便，但是心态极好，精神状态也极好。

我又问："妈妈，那你觉得你的一生是幸福还是不幸福？"她说："我很幸福啊！儿子女儿都很乖，儿孙满堂。"

记得上一次，我在医院陪护奶奶，那时候她已经九十岁了，我也问了她这样的问题。她的回答和母亲一模一样。

在她们的世界里，家庭完整，儿女孝顺，后代都能健康成长，这就是完美。那么，我呢？于我来说什么是完美人生，什么样的状态是最好的状态呢？

我想起了我的儿子，他已经十二岁了，成了一个大小伙子了，情感丰富，精力充沛，和母亲一样有强有力的生命力。而我总是蔫蔫的，总是想很多完全无用的东西，来徒增烦恼。除了我，我的丈夫也变成了如我一样的人。我们有时会讨论生命的意义，有时会讨论人存在的价值，有时也会讨论那些始终存在的痛苦。

　　讨论的结果，仅仅只是讨论，好像并无任何用处。然而在这样不断的讨论中，我们变得更加包容，更加隐忍，更加平静。我们的爱也一起变得平静，有时我觉得我很爱他，有时又觉得，我并不知道什么是爱。

　　我们在平静如水的日子里，理解所有人，让自己变成一个豁达、包容的人。可是我们的世界却变得虚无，连同幸福一起，失去了生命力。猛然间我想起，我们的生活缺失的可能不光是智慧，还有人天生该有的那些情绪，那些尖锐，那些无所畏惧的行为，以及那些我们认为不好的东西。

　　我坐在一旁观察母亲，观察同病房里的所有人，我发现他们每个人都真实地存在生活里，而我却存在生活之外。

意义

最近待在医院,整天有大片大片空白的时间,脑海中总是反复出现两个问题:

如果明天我就要死了,那么今天我要做什么?

我们平凡短暂的一生,怎样活着才有意义?

在医院里,护士每天忙忙碌碌地从病房里进进出出,照顾着每一个病人。医生从早到晚都在手术台上,从天亮忙到天黑。病人躺在床上,等待着痊愈,忍受着疼痛,心中怀着希望,期望生命可以无限延续。伺候在一旁的家属,尽可能耐心地陪伴着病床上的人,心里装着另一个世界。

消毒水的味道、人体混合的气味,还有各种热腾腾的饭味,让病房的空气有一种独特的味道,让一个正常人也会头晕目眩。刚住进来的病人焦虑不安地等待着，手术之后的病人因为疼痛不断呻吟着，而出院的病人和家属则是欢天喜地的。

病人与病人，也经常会聚在一起交流病情及如何恢复更快的经验。

恢复快的，显得得意扬扬；恢复慢的，总是露出羡慕的神情；刚住进医院的，在一旁虔诚地学习着，积累着经验。不同地域的方言在交流的时候毫无障碍。他们大多已经年过五十，很少有年轻患者。在骨科，所有患者的问题基本相同，换骨、骨骼矫正、骨折手术固定等。

看着每一个人的生命都充满着无限希望，我也莫名地被感染，变得热血沸腾。

病愈之后，他们有诸多规划。一位多年寡居的阿姨，她的期望是，手术恢复之后，去打工挣钱，给儿子娶媳妇。一位七十多岁的奶奶，她的期望是，手术恢复之后，回家可以帮儿子带孙子。一位四十多岁的大姐，她的期望是，手术恢复之后，可以继续经营自己的小饭店。而妈妈的期望是，手术恢复之后，能够生活自理。

很多病人的期望，几乎是依着别人产生的，很少会去想在有限的生命里自己想要什么。这些天，我一直被这个问题困扰着。他们努力地想要活着，但他们活着的目标是为他人活着，不是为自己。我不知道这样的人生，是否有意义、有价值。我在想，若是我的生命只剩下最后一天，我想要做什么？

想了半天，啥也没有想到。脑海中出现的最后的画面竟然是坐在阳台晒太阳。

小时候，总能看见，我们村十字路口的那个小广场，有很多老爷爷老奶奶，坐在墙跟前眯着眼睛晒太阳。那时候，我一点也不能理解他们的行为。

而在此刻，我终于知道，当一个人无所畏惧的时候，当一个人做好了面对生死准备的时候，就那样静静地坐着晒太阳，反而是人生最美好、最惬意的时光。

关系

在庆山的散文中看到几句话:"所有的再次相遇都不容易,我跋山涉水一意孤行,你不早不晚在此等待。我们之间,要像雪山一样。你的灵魂好像是另一个我。"

读完这些话,我便想起了她。

我们在茫茫人海中相遇,而后又陌路,又再次相遇,像是天意一般。只道一句:"原来是你。"之后多年,一路相伴,再无分离。

年少时,我曾经有两个关系亲近的女子,我称她们为我的"不败双生花"。我们都喜欢打扮中性,喜欢短发,喜欢篮球。我一直觉得她们就是这个世界上的另一个我。她们有好听的名字——简和卡。她们曾无数次出现在我的故事里。

在我黑暗无望的青春里，她们给了我微弱的光，让我对未来充满了希望。

那时候我以为我们会永远在一起，毕竟年少的情感是那样纯粹且真实。我们都把彼此放在心里，在一起时，会变得大胆而肆意。青春那说不清楚的愁绪常会被她们的爱冲散。我们一起奔跑在操场上，在黑夜的街道里大声唱歌，对着喜欢的男孩子说我爱你。不管做什么，只要在一起，总是会生出无限的勇气。

后来我们散落天涯，在各自的生活里拼尽全力努力着。而后很多年，生命里来过很多人，他们匆匆而来，又匆匆而去。

我已然和所有人一样，对所有关系都很淡然。像年少时那样浓烈而汹涌的感情再也没有出现过。当然，这也包括我和她关系的起始。在我无比失意的那一年，她再次出现在我的生命里。后来我才知道，那一年，她也曾在迷雾中。我们都成了对方生命中的太阳，让世界再次清晰起来，一起携手前行。

都说君子之交淡如水，而我们的相交始于文字，最后才发现，原来这个世界还有另一个你，能懂自己的理想，能懂自己想要的自由，能懂自己的坚守，能懂自己心中的情怀。

长大后的我们已不再轻易谈起感情，对所有的关系都变得有所保留。我们害怕离别，害怕付出，害怕失去，害怕一切不确定的东西，不再轻易谈起感情，变得冷漠而理性。我们忍受孤独，忍受寂寞，也忍受一切的不被理解。

我们渐渐拒绝所有的靠近，对每一段关系都保持疏离。

而对于她出现在我生命的第一年，我似乎没有任何感知。我们工作合拍，很多事情上都可以意见统一，谈到未来的时候，充满希望。她如以前一样喜欢写作，还如以前一样喜欢我的文字。我们有相同的理想，有相同的信念。

是谁跨出那一步，我已然忘记。后来，我们总是在工作之余，讨论很多问题，如生死、梦想、未来、情绪、自由。

与她聊天的时候，有一种感觉：她能理解我所有的想法，包括那些狂妄、看起来不可思议的事情。我们一起去很多城市旅行。即便我们性子完全不同，可在一起却无比合拍。那些在常人眼里奇怪的行为，在她眼里，却一点也不稀奇。

从2019年开始，我们每一年，都会相约去一个城市：第一站成都，第二站苏州，第三站辽宁，第四站横跨了五个省。

我喜欢在城市的大街小巷驻足。她总问我："在看什么？"我说："看岁月留下的痕迹。"她笑着说："原来作家是这个样子的。"

我带着她去菜市场溜达，她问我："你为什么喜欢来这样的地方？"我说："这里有烟火气。"她说："你和我心中的无戒一模一样，一样的不一样。"

她跟在我的后面，像个小女孩，既可爱又懵懂。

我们一起去爬山，坐在山顶的云雾里，谈论爬山的心得。那是我们第一次见面。我们爬上了青城山，坐在青城山的山顶，看着山下的城。

她说："老大，我们的人生就像这座山，有一天，我们也会登上顶峰的。"

后来她开始不叫我老大，偷偷地喊我菲姐。我问她："你是不是喜欢喊我菲姐？"她说："是的，郝菲真好听。"我突然想起已经很多年没有人喊过我这个名字了。她开始喊我"菲姐"，我喊她"培培"。我们的关系大概从这个称呼改变开始，变得更加亲密无间。她靠在我的肩膀上，跟我讲述她那让人心疼而绝望的过去，一会儿哭一会儿笑。

我知道她用这样的方式来疗愈自己。每一次她讲给我的故事都不一样。在她口中，我拼凑了她完整的人生故事。越来越多的时候，我发现她很像另一个我。

她说："我想要自由。生命若是失去了自由，有何意义。"

她说："那些看似不可愈合的伤痛，随着时间的推移，慢慢地就会变得不重要不是吗？"

她说："不要去羡慕别人的人生，你的人生就是最好的，哪怕它曾经千疮百孔。"

我们总是这样文绉绉地聊天，一点也不会觉得尴尬。我们讲起写作，讲起生命，总是有说不完的话题。

她总说："菲姐，谢谢你，陪在我身边。谢谢你带我去流浪。"

她在我面前，完全就像个小孩，会放肆地笑，无所顾忌地奔跑，笨得像只小猪。我们以最真实的样子面对彼此。我发现她像卡和简，成了我生命中最重要的人。

我与她在一起的时候，总是能收获很多勇气。

她总是跟我说："你要成为像三毛那样的作家。"

她总是跟我说："我知道你可以的，我一直相信你。"

她会为我每一本书写序言，她总是在背后默默为我打气。我知道她的才华，我更知道她的特别，于是我带她一起写书，一起出书，一起前行。

她有时候，也会害怕，也会不安。只要我说"没事，有我呢！"，她也会生出勇气。我们一起变成了更好的自己。我终于承认，我再次拥有了那难能可贵的友情，它给了我无限的勇气。我尝试去接受它，并且愿意为这段感情去付出。

古人云："人生难得一知己。"我很幸运，遇见她，遇见了那个懂我的姑娘。

允许

梦想着把生活过成诗，一觉醒来，看见的却是生活里的鸡零狗碎。有时候觉得拥有全世界，有时候觉得这世间没有什么是属于自己的，身心疲惫。

失眠，焦虑，忙碌，发际线上移，是三十岁女人生活的主题。

孩子，家庭，工作，房子，车子，是三十岁女人生活的全部。

挣扎着活着，没有太多时间是属于自己的。过了做梦的年纪，所做的每一件事，都有其目的，再也没有年轻时候的肆意。翻开二十岁写下的日记，里面有对未来的期望，有属于自己的情绪和欲望，还有简单的快乐、纯粹的烦恼。

又一个八月来临，长安下了一场大雨，燥热，无论白天还是黑夜，都需要吹着空调。孩子放假了，需要安排他的生活，做好妈妈，也要做好工作。

要赶在九月之前完成书稿，但写作总是被生活的琐事打断，进度缓慢。公司初具规模，需要考虑的事情变多。我努力平衡着家庭和工作，却始终做得不够好。

这些天孩子生病，丈夫生病，我放下一切回归生活。不过两三天的时间，却让人身心俱疲。深夜失眠，藏在黑夜里追剧。电视剧《三十而已》诉说着三十岁女人的生活、三十岁女人面临的问题，以及三十岁女人需要承担的责任。

很心疼那个叫顾佳的女人，用尽全力维护着自己的家，想要拥有更好的生活，却没有得到幸福，还遭遇了丈夫的背叛。我看着别人的故事，流着自己的泪。这是生活吗？或许生活比这更加艰难。

生活在小城，放弃大城市的繁华与梦想，有多少不甘心，又有多少无可奈何。女人向来艰难，你活成哪种样子，都不能满足世人对你的期望。可是又有多少人想过，她只是想做自己想做的事情而已。

很庆幸我还可以思考，还可以书写自己的情绪。没有工作的这些天，儿子写作业，我坐在旁边抄写经书。享受着片刻的安宁，心始终没有静下来，和燥热的夏天一样烦躁不安。

有时候羡慕那些没有结婚的女孩，可以独立生活，不用处理生活里这些烦躁的琐事。可她们真的幸福吗？朋友今年二十八岁，单身，一直在相亲。她说："我想结婚了，一个人的生活，让人觉得寂寞。我想有个孩子，陪他一起长大。"

人总是喜欢心生妄念，对那些得不到的东西，念念不忘。却不知道，我们所拥有的亦是别人渴望得到的。

我并不是天生乐观的女人，大多数时候，多愁善感，想法又多。而在外人眼里，我拥有一切、努力、幸运、积极向上、精力充沛。可能大多数时候，我是这样活着，可是除了这样，我还能怎样？

我已经三十岁，承担着该承担的责任，努力控制着自己的情绪，没有大喜大悲，看起来平和、安然，却缺少灵气。可能人长大了都如此生活着。男人，女人，各有各的不如意。写下这样的文字并不是要寻求理解，毕竟没有谁能够真正理解谁的生活，可能只是想要给情绪一个出口。

这艰难的一年，我听过很多人跟我讲他们的故事，也有很多人跟我说生活里的不如意。每个人的痛苦完全不同，甚至有人终日找不到生活的希望。我只能告诉他：很多人都这样活着，夜晚失眠，白天拼命，对生活丧失希望，又艰难地活着。

我不知道要有怎样的生活人才会满足,只能不断咬牙坚持。停下来不工作的时候,会觉得空虚。什么都不做的时候,喜欢乱想,但想着想着,好像就明白了——人生就是这样。需要在痛苦中寻找希望,然后不断给自己活下去的动力。

允许自己不快乐,允许自己矫情,允许自己有负面情绪。太过克制自己,反而会更痛苦,因为情绪总要找到一个地方去释放。就像夫妻,有时候需要吵架、对峙然后和解,才能解决生活中的矛盾。

能够写作的人,很幸福,毕竟,我们能有这个出口,让情绪安家。

八月,开始得很艰难,不过,我依旧相信,一切都会好起来的。孩子和丈夫的身体已经恢复,生活回到从前的样子,我又可以开始工作了。大雨已经过去,太阳出来了。整个世界再次回到了阳光之下,城市在阳光下依然充满希望。所有的阴霾在阳光下都会渐渐消失,我们依然要心怀希望地继续前行。

八月写书,用心做好当下的事情。

如果鸡零狗碎才是生活,我们也想要在这鸡零狗碎之中,找到属于自己的诗意。生活这般艰难,如果自己不给自己寻找希望,那么真的就没有希望。每个人都有情绪低沉的时候,那就找一个合适自己的出口去发泄,然后回到现实,继续努力。

生死

生死这个话题，常常被人提起。我曾经那么厌恶活着，找不到活下去的希望。对亲人没有丝毫留恋；对于未来，没有任何期望，常常会幻想某天用某种方法结束自己这可悲的人生。活着如同蝼蚁一样卑微，有何意义。

把自己逼进一个死角，出不来，自怨自艾，放纵自己，不顾及任何人的感受，言行偏激。

那一年，爷爷突然离世。我站在一片白色的世界里，看不到他的身影。他躺在棺材里，身体冰冷，像睡着了一样安稳。我再也看不到他对着我笑，再也听不到他喊着我的小名、问我的近况。爷爷就那样去了，离开了我的世界。我趴在爷爷的棺材上号啕大哭。

院子里，父母、姑姑、哥哥、妹妹，都神情悲伤，脸色苍白。因为过度悲伤，每个人都有一种随时可能昏倒的状态。我的心空了一大片，身体好像缺失了某种零件。可是我那空荡荡的身体里，竟第一次滋生了爱和生的欲望。

活着不是只为自己活着，还为那些爱我们的人活着。

生活本就艰难，我遇见的轻视和嘲弄只是艰难生活的一部分。爷爷去世了，我重生了。我再也不想死去，即便后来也遇见过很多困难：创业失败，工作不顺，陷入绝境……只要想起离世的爷爷，我就会生出勇气和希望。

越长越大，越知道，这个世界上最难的不是死去，而是活下去。

2012年，我遇见了另外一件让我万分痛苦的事情。我的表哥出了车祸，整个人血肉模糊。那天，我站在病房里看着全身插着管子、生死未卜的表哥，只祈盼他能够早点醒过来。看着哥哥安静地躺着，心里害怕极了，害怕他和爷爷一样也离开了我。我和哥哥从小一起玩到大。他虽然是我的表哥，但在我心中，他不仅仅是表哥，还是挚友。那是我第二次直面死亡。

病房里到处都是白色。我的思绪总会跳回到爷爷去世那天的情形。我站在哥哥的床头，握着他的手。他的手很凉，但不是那种冰冷。我似乎能听见血液流动的声音，我知道那是活着的希望。

姑父和表姐坐在床边,眼睛里全是泪花,强挤出难看的笑容。他们嘴唇干裂,还有很重的黑眼圈,大概好久没有合眼了。

那一刻,我突然明白活着的意义——活着是一种希望,一种让爱我们的人快乐的希望。从那天起,我再也不敢轻易说出死亡这个词。

有时候,我觉得生是依着死亡而产生的——老人去世、孩子出世,如此轮回着。死亡让我们学会如何活着,好好活着。如果没有亲身经历死亡,我永远不会明白生的真正意义。

哥哥活下来了,但是下肢瘫痪,再也站不起来。听到他还存在这个世界上,我的心一下落地了。不管怎样,我还可以看见他,还可以听见他的声音,还可以祈祷他站起来,还可以等待着某天和他一起奔跑在人世间的繁花似锦里。

直面生死之后,我再次审视世界时,心里多了一份爱。这份爱驱赶了我身体里的自私,让我明白了什么是责任、什么是爱,以及为什么要活着。越来越年长,随着身边的亲人一个个老去,我常常听见父母谈起跟他们同龄的谁去世了。正因生命无常,才越发对生命敬畏。要活着,要好好地活着,努力地活着,为那些爱我们的人,为我们爱的人。

如今，膝下有子，更加珍惜生命，害怕不能陪他太久，害怕离开之后他无法生活。害怕没有妈妈他会孤单。

责任和爱是拯救我们那堕落灵魂的唯一方法。因为有爱，活着不再艰难。我曾经想，父母这一生的意义到底是什么。他们一辈子都在黄土地上劳作，没有享过福，没有善待过自己。如今，我终于知道他们活着的意义，是爱，是对我们的爱、对爷爷奶奶的爱，还有对未来的期望。如今他们儿孙满堂，女儿和儿子都有属于自己的归宿，那他们应该是幸福的吧！

每个人活着不应该只为自己。若只为自己，便很难撑过那艰难的时刻。若是心中有爱，有责任，必然能在困境中燃起希望。

曾经的我想过死去，化作春泥，而如今的我多么渴望活着，好好活着，努力生活，为我爱的人创造一片天地，让他们在我的庇护下幸福快乐地生活。这一刻，我不再是我，我是一个背负使命的勇士。

情绪

年轻的时候,似乎对一切都很敏感,总觉得,痛苦、孤独、绝望等情绪是天大的事情。一旦产生这样的负面情绪,就有种天塌了的感觉,甚至觉得生活难以为继,进而影响生活。

我曾许久看不见生活的希望,觉得世界上所有人都对我存在偏见,内心灰暗,找不到未来。现在想来,我也不明白当初因为什么而痛苦,只记得那痛苦冗长而持久。而痛苦导致性子偏执、古怪,所以我对任何人都毫无耐心,脾气暴躁。

无论是朋友还是家人,我都无法与他们好好相处。我浑身长满了刺,甚至经常曲解很多人的好意,拒绝所有的爱和善意,活成怪物。被情绪控制,被吞噬,失去自我意识。

迪先生就是这个时候出现在我的世界里的。他跟我说:

"姑娘，你笑得真假。"他跟我说："姑娘，你要学会和人相处。"他说："你要走到世界里去。"他说："你要学会接受别人的好意。"也就是从那时候，我尝试走出情绪怪圈，抬起头来看世界。

再后来，我被迫融入社会，为了银钱二两而努力，忙忙碌碌，身体很累，而情绪却变得稳定。我看到了世间的不幸，听多了故事，也真切懂得活着的不易，不再为赋新词强说愁了。心变得敞亮了，那些莫名的情绪越来越少。

在前行的路上，我看到了阳光，看到了幸福，看到了快乐，看到了世间一切细微的美好。而这些美好，让我的生活，变得多彩而有趣味。很多人都说我变了，变得开朗，变得平和，变得温柔，不再那般有锋芒。

当我微笑着看待世间的一切时，我发现，这个世界，并不是那么糟糕。我喜欢这样的生活，也喜欢这个重生之后的自己。

情绪不能再控制我的心情，不能再影响我的生活。我学会了接受所有的情绪，因为我明白，快乐和悲伤、幸福和痛苦、孤独与寂寞都是情绪，并无区别。只要你是人，那些情绪，必然都会在你身上存在。

如果我们可以接纳幸福和快乐，那么我们也应该学会接纳痛苦和悲伤。尝试和所有的情绪和解，尝试与它们共存，尝试不再视它们为浑水猛兽。

在痛苦时，放下手里的一切工作，爬上床，裹紧被子，藏进被窝里。放一首轻音乐，进入梦乡，一觉醒来，或许又迎接新的一天。

在孤独时，享受孤独，享受那难得的独处时光。坐在阳台上，沏一杯茶，沐浴在阳光里，拿一本喜欢读的书，与太阳一起消磨时光，听时光爬过身体的声音。

在绝望时，告诉自己：船到桥头自然直，柳暗花明又一村。生活不会永远在低谷，用平常心对待，就算失去一切，至少自己还活着，只要活着就一定还有希望。然而，当我真正接纳一切的时候，生活突然一下子就顺了，似乎任何事情，都变得容易，不再为焦虑、迷茫、选择而痛苦。因为我知道，它只是一种情绪，对生活并无太大影响，而且它总会消散。

自救

休息了许久,我终于回来了。这个三月,我重新开始了新的生活。我用了很久自救,去做各种尝试,然后找到了一种新的生活方式。

起初,在无尽虚无的空间里,我像一只无依无靠的气球飘浮着。身体被挤压,变得僵硬,麻木。我知道我陷入了绝境,但是我不明白,我为何会陷入绝境,甚至连这种感受是从何时开始,我都不清楚。我记得有一日,我上完课之后,站在客厅里对迪先生说:"我好想哭,有种想要骂人的冲动。"话还没有说完,我发现我已经哭了,眼睛流进了我的嘴巴里,很咸。迪先生走过来抱着我说:"你累了,就休息。"

我问他:"我怎么了?"他说:"你累了。"

我说："我疯了。"他说："你累了。"

过了没多久，我的身体经常会出现各种奇怪的反应，瞬间发热，接着会出一身冷汗，没有由来地发抖。有时一整天都感受不到自己的身体在哪里；有时头会疼很久，吃药甚至都毫无用处。我大概是病了，但病因不详。

迪先生一直很焦虑，他常常试图给我讲各种道理。而我发现，道理我都懂，而且脑子很清晰，所有的痛苦仅仅来源于身体，于是我开始了长达几个月的自救之旅。就在这段不断自救的日子里，我找到了很多一直困惑我的答案。

虚无源于什么？我不断地问自己。几乎每一天都在问，我拥有了别人羡慕的一切，为何还要如此折腾自己？一日复一日，我可以吃饭、喝水、上课，可以笑靥如花地对待每一个人。可是内心找不到落脚点，身体持续僵硬，头疼无法缓解。除了迪先生，没有任何人发现我的异常。我买了很多心理学的书，一本一本地翻，还买了许多哲学的书，也是一本一本地翻。

在我实在无法支撑自己的时候，我决定出行，走了很远的路，从一座城市到另一座城市，在路上不断地寻找自己。从外面回来之后，母亲住院了，我便跟着一同住进医院。整整一个月，在医院里待着。

从医院出来后，我发现我彻底被装进了一个巨大的瓶子里，无法动弹，我每天带着这个瓶子出现在各种地方。我已经不会哭了，也不会有太大的情绪波动，除了心悸频繁，四肢麻木，其他的很正常。那时候，我在想，我该做点啥。

我决定躺平。

我放下了手头所有的工作，开始长达两个月的无所事事。散步、做菜、接娃、看书、晒太阳，我给父母打电话，陪老公看电影。

我发现日子变得越来越长，每一天都过得好慢，我看着阳光一点点在我身体上移动，我听着儿子絮絮叨叨在我身边讲故事，我看着和我一起在厨房里忙忙碌碌做菜的丈夫。我看见路边的柳树抽了芽，看到阳台的梅花开了，看见公园里的大爷换了新轮椅，看见猫咪胖了好几圈。而我的身体，就如这阳春三月，慢慢舒展开来，头疼也突然消失了。我的生活变得安逸平静。套在我身上的瓶子越来越松，直到有一天早晨醒来，我发现瓶子不见了。

我知道我重新活了过来。

再回头看这段日子，就像看一段梦，神奇且无厘头。

而在我活过来不久，我和迪先生因为一件很小的事情吵架了。他表现得很反常，甚至离开了家。这些天，我一直在思量那天的情形。现在想来，为了孩子并不是争辩的缘由，而是他在陪我一起走过的这段日子，过得也很艰难。

有一天，我在网上看到这样一句话：如果你对隐藏在体内的暴力视而不见，或者假装它并不存在，我想最终它可能会以恶意的形式爆发出来。

无论是我还是迪先生，我们都在努力寻找一个出口。在我们觉知到情绪异常的时候，我选择了隐忍，他选择了爆发。而我们都在用某种方式自救。意识到这些之后，我选择原谅他，连同那些伤害一同都接受了。

日子还在继续，在经历了一场暴风雪之后，我们都获救了。

他说："你活了。"我说："我没疯。"

他说："不离婚。"我说："好好过。"

我终于明白，虚无的缘由是自身与世界无法连接。当我再次回到生活里，那种虚无感突然就没了，原来眼下的每一刻都是那么美好。

痛苦

开始写新书,没日没夜。西安已经开启夏日模式,变得燥热。原本平静的生活,因为一些事情,再起波澜。

痛苦,这个词,在我的生命里已经消失许久。再次来袭,让我多少有些措手不及。有人说,痛苦是作家创作的源泉,我一边体味着痛苦,一边试图找出痛苦的根源。可是人有时候挺无力的,并不是每件事情,都能找到解决之法。

我回望过去,寻找未来。人一定要遭受痛苦吗?难道这是人类必须接受的考验吗?我不喜欢,一点也不喜欢。

我发现人在命运的洪流之中,真的有太多的无能为力。怎样才能做好一切?有时你会发现你倾尽全力,却搞砸了一切。可笑不?好玩不?尝试去爱一个人,不顾一切,尝试去寻找一种可以平衡所有的生活方式。只是，世间真的没有两全之法。我经历的这一切，让我清楚地明白自己曾经是一个多么浅薄的人。

往日总有人跟我诉说她的痛苦，我总觉得明明这么简单的选择就可以结束一切，为何她还要如此痛苦。而如今我才发现，这痛苦的来源恰好就是选择。若是可以轻易选择，又何来痛苦呢？那些生命不能承受之重，恰好就是生活本身。

如果我们必须要经历那些不能言说的痛苦，那么生活又要如何继续呢？我知道，这些都会成为过去，可是当下又该如何？我的生命就像那短暂绽放的花儿一样迅速枯萎。在这个过程中，我好像在逐渐消失，变得破碎。

我想写书，去书写这些痛苦。文字所承载的好像不再是故事，而是一个人生命的重量。

生活给了我那么多难题，我很想像往日一样，乐观地积极面对。可是这一次好像挺难的。我无法告诉任何人我所承受的一切，只能用零散的文字，胡乱地表达。我很想在书写中找到答案，拨开迷雾，可是这一次文字抛弃了我。

于是我开始撰写一个很悲伤的故事，想要给这个痛苦找一个理由，让它存在。

昨天西安小雨，今天天放晴了，太阳又升起了。众人又开启了新的一天,不知道我的世界何时会晴朗。

我不知道我为何要写下这些文字,只是这些无处安放的痛苦,正在分解我。我像是活着,又像是已经死了。

曾经我对一个人说:"等待着吧!等待着吧!一切都会过去的。时间会带走一切,你想要的一切会重新回到你的生活。"

如今我把这句话说给自己,然后在漫长的夏日里,等时间给我答案。

婚姻

前天晚上，我坐在迪哥的对面，想要跟他讨论一个问题。没想到他粗暴地打断了我。我生气地躲进了书房。过了一分钟，我便原谅了他。

我就是这样，很难长时间生气，总能用合理的理由给自己找合适的台阶。有时候我觉得这样的自己，看起来十分卑微，有时候又觉得自己十分智慧。不过无论如何，因为有我，我们这个小家，我们这个大家，都显得很和谐。

我想起来，我和迪哥讨论的那个问题。"你知道为什么作家的自杀率是最高的吗？"

我问出这句话的时候，他看我的眼神变了，然后一直在说，"生活是多么美好，世间并不是你看到的这个样子"，反正和我想要讨论的观点完全不在一个频道上。当我试图再次表达我的观点时，他粗暴地打断了我，说了句："我不喜欢讨论这个话题。"

昨天晚上，我问他："你是不是怕我自杀，所以才拒绝讨论那个话题？我只是想和你讨论作家这个群体。"

他说："你不是。你说的是作家，作家也包括你。你问的不是海子为什么要自杀，所以是你表达不清楚。"

我哭笑不得，跟他说："相信我，我会好好活着。真的。"

他说："嗯，活着挺好。"

于是我们两个又快乐了，这个生活中的小插曲就这样过去了。

关于生死，这些年，我忽然有了新的感悟。如果人生是一场体验，来都来了，好好体验一下再走呗。人终究会走的，何必着急呢？这个理念让我这些年过得很坦然。

与我在一起生活，并不是一件容易的事情。文艺女青年，多多少少有点神经质。当然我也是常常活在幻想里，想要的很多东西和现实很分裂。有趣的是，我遇见了一个迪哥。他一边很无奈地应付着我，一边悄悄地改变着我。

我们两个的婚姻很有意思，不是大家想象中那种完美的婚姻，而是一种非常反常的婚姻。我时常觉得我们很相爱，但是有时我还是不能确定他是不是爱我。

结婚这么多年,我几乎天天都会问他"你爱我不"。每一次他都会说"爱,爱得很"。可只要我一说"我怎么感受不到",他就不再理我,然后叹一口气走了。

我会自己生闷气,一分钟之后,自愈,日子继续。

他有时候突然发脾气,很可怕的那种,感觉整个人要炸了。而且每次生气的点,很奇怪。我不明白,他为何会突然暴怒。狂风暴雨过去,我会去哄他,然后和好,日子回到从前。

每次吵架的时候,我就想,"我不想爱他了。这个死男人,每次都要去哄,真难搞,要不我换个人哄我"。不过我发现这个时候,总是有一个理性的声音告诉我:"你还能找一个跟你讨论鲁迅、史铁生、黑塞、加缪的男人吗?你还能找一个给你种花的男人吗?你还能找一个你那么爱的男人吗?"

我直到今天才突然意识到,我是个恋爱脑,而且是那种叫不醒的恋爱脑。这就导致,我经常觉得我爱他比他爱我多,会心理不平衡。

我只要拉着他证明他爱我,他就会说:"你呀,你儿子都这么大了,成天还纠结爱不爱。"

我愈发觉得他不爱我,于是在某个晚上睡觉前,我定然会找他来一次长谈。

他最大的优点就是，无论什么时候，只要我找他说话，他定然会听。于是我们从过去谈到现在，又从现在谈到未来，然后从这辈子谈到下辈子。好笑的是，完全失去了重点。不过结尾的时候，我必然会谈到儿子。一谈到儿子，我们两个就会变得很温柔，一脸骄傲。谈话到了这里，差不多就收尾了。

有了这次长谈，第二天我们必然会比往日更和谐一些。他看我的眼神都比往日要温柔一些，我恍惚觉得这就是爱情。我们的日子就是这样过着。

有时候我情绪不佳，他就会很识趣地不惹我，还会嘱咐儿子要听妈妈的话。看着他们俩，我会很快重新拥有能量。

我常常跟他说我的那个梦想："与一人携手一生，白头偕老。"他总是会说："除了你谁能看上我。"

虽然我们彼此信任，可是我一想到我们会分开，还是会难过。

女人真的就是这样，总是把爱情看得比生命还要重要。

爱情

深夜，无法入眠，起身喝水，听见天空中有飞机轰隆隆飞过的声音，有苍蝇、蚊子细微的叫声。夜太静了，所有的一切都如此清晰。

迪哥说，人最难以承受的是孤独，而且极致的孤独甚至可以把一个人逼疯。所以他喜欢和我待在一起。我们很少分开，长久地相伴到后来就会变成习惯，不能够再忍受一个人的日子。

近来他不在家，我一个人待在家里写稿、上课、看书、做饭、陪儿子。每天的时间都被安排得满满当当，可是依旧心无所依。

我好像失去了独自生活的能力，没有爱人在身边，生活的一切都失去了颜色。只是一个人如此地依赖另一个人并非好事，到后来，慢慢会失去自我。想来以前，我总是一个人出行，留他一个人在家里，待在原地。不知，他会不会像我一样心无所依。若是因为爱，两个人这样无法独立生活，到底是好还是不好。如若这一生，我们永远是我们，那应该算是世间少有的圆满。可若是有一日，我们变成了你是你、我是我，又该如何？

所有的关系，终究都需要两个人一起努力。一个人的付出，不会有任何结果。全心去爱一个人、彼此信任、内心坚定，这样的爱情，大概率是每个人都渴望得到的。只是在现实中，遇到困境，总有人想要退缩。没有反馈的爱，最终会变得破碎，失去安全感，患得患失。无止境的痛苦会让人失去理智，甚至精神失常。这世间的痴男怨女大概都是因为难过情关，不死不休。爱情这个人类永恒的主题，好像每个人都无法逃脱。

爱一个人一年、十年，甚至更久，都是相当艰难。若可以爱一个人一辈子、能够相守相依，更是难得。人人都想要，可是不得章法，因此总是用各种方式来证明爱的存在，而这个过程带来的可能不是感动，而是更深的伤害。

现下有很多年轻男女，不愿走进婚姻，甚至拒绝亲密关系，清醒而独立地活着。我不知道他们是自在，还是也在承受着那极致的寂寞。后来我发现，所有事情都很难圆满。不论是世间的痴男怨女，还是这些清醒而独立的单身男女，他们也有自己在生活中需要解决的问题。如此看来，爱或者不爱，人一生要承受的、要经历的，一点都不会少。

在现下的世界里，爱情开始变得无足轻重。大家把爱和物质混在一起，去衡量一段感情，甚至彼此算计。那仅存的一点爱，被消耗殆尽，关系终止。

我总是天真地想要最纯真的爱，幻想着可以拥有一世一双人的爱情，在婚姻中亦不能保持理智。不管外人如何，我内心仍然有自己的坚守。常常一觉醒来，会觉得这美好的爱情和婚姻生活是我编造的一场幻境。

爱情和婚姻到最后，会落到生活的柴米油盐酱醋茶中。迪哥说，过于执着幻想，就会看不见生活，反而会忽略很多已经拥有的幸福。人都有自己的缺点，本身就不可能完美。如若执着于完美，最后得到的不就只有失望吗？况且这世间谁又能完全理解另一个人呢？降低对一切事物的期待，才是放过自己。

大多数人过着六十分的生活，爱情亦是如此。能拥有六十分的爱情，对很多人来说，已经是幸福。若是过于追求完美，只能导致两个人身心俱疲。

这可能就是男人和女人之间的区别。男人只想要六十分的爱情，把更多的精力分给其他事情；女人想要一百分的爱情，却发现世间压根不存在这样的爱情，于是失望，甚至拒绝去爱。

仔细想来，要和一个人过一辈子，本身就相当艰难。不管六十分的爱情还是一百分的爱情，能够相伴到老，都是不易的。一辈子会遇见各种各样的难关，需要两个人内心坚定，共同面对，一起解决。

我渐渐明白，可能爱情中最可贵的，不一定是那完美的爱人，而是你那不完美的爱人从未放弃爱你，还愿意和你一起共同面对婚姻中所经历的一切风雨。这么想来，这世间最浪漫的事，当真是有人和你一起白头，因为其中的艰辛，足以让很多人放弃和逃离。我总对迪哥说，婚姻是一场马拉松，需要超强的耐心和信念，才能到达终点。而这个信念，应该就是对彼此坚定不移的爱。

健康

最近胃疼毛病犯了，疼得人坐立不安。胃疼原本在我眼里并不算病，毕竟从十几岁就有这个毛病，因此胃药就是我的必备物品。这几年，由于生活规律了许多，胃疼这病竟自愈了。但没想到这次复发竟如此凶猛，打得我措手不及。我浑身无力，感觉像是得了什么大病。睡了两天，各种药都吃上了，一直到第三天才有所缓解。

这些年忙着工作，每天精力充沛，但我曾经不是这个样子，反而像个病娇女主。女主必备的两种病——没有由来的头疼、常伴左右的胃疼，我都有。

上学的时候，只要我一喊头疼、胃疼，母亲就会带着我去医院。这么些年，我去过很多医院，药也吃了不少，但好像没有什么用处。人消瘦得要命，像个麻秆。因为太瘦，又加上长期胃疼，总是习惯性地弯着腰，时间久了，整个人看起来颓废又阴暗。头疼的时候，精神就会很差。那时候情绪不好，整天能量很低，身体也孱弱至极。

十八岁离开学校，走进社会，还会胃疼，还会头疼。疼的时候吃点止疼药，就过去了。再过了几年，胃疼自己也觉得没有意思，毕竟我压根不把它当一回事，它可能觉得被轻视了，于是就走了。所以这几年，胃已经没再疼了，只是头疼偶尔还会出现。我去看过几次，医生说并无大碍，看起来很健康。

前些日子，在一本书里看到一个观点：人身上百分之九十的病，都是情绪的显现。现在想来，我频繁头疼和胃疼的那些年，确实是我情绪不佳的时候。这几年，我开始写作，把很多坏情绪通过写作很好地排解掉。生活中偶尔出现的困境，对我来说已经不太容易引起情绪波动。有时觉得生活无趣，就会走出家门，四处转悠。生活变得越来越有规律，也越来越有希望。情绪逐渐稳定，内心平和，整个人慢慢地静了下来。

这次的胃病，来得很突然。我思前想后，还是没有找到它再次来到我生活的缘由。

今年的我和往年任何一年都大有不同，突然就不焦虑了，对生活也没了太多的期待。反而很安于现状，每天做好该做的事情，过好每一天，不羡慕任何人，也不会因为别人的成绩乱了自己的节奏。在想努力的时候努力，不想努力的时候睡觉。用心做着每一件事，用心陪伴着身边的人，接纳一切。

我发现成长是一件有趣的事情。在不同年龄段，人对生活的要求是全然不同的。

现下的生活，在我二十多岁的时候，定然是瞧不上的。活得像个老年人，不过对于三十多岁的我来说，确实极好。这些年，我一直高强度工作，即使如此，仍旧会焦虑不安。我一直在想一些问题：人努力到底是为了什么？赚钱是为了什么？那么辛苦又是为了什么？这些问题这些年我一直在反复思量，直到今年，我终于找到了答案。其实我们所做的一切不就是为了更好的生活、内心的自在吗？那么怎样才能获得这种内心的自在和自由？我想应该是活在当下的每一个瞬间。

人的欲望是无尽的，很多人都说，其实有钱了就拥有了自由和自在。我原来也以为是如此。这些年，事业越来越好，赚得越来越多，反而欲望越来越大，常常内心焦虑不已，甚至恨不得二十四小时不睡觉，工作。尤其是看到网络上到处都是年入千万这样的信息，总觉得自己做得还不够，努力还不够，几乎把所有的时间都用来工作，就连出门旅行，回家陪孩子，心思都在工作上。生活好似被什么绑架了一样，却找不到主谋。

现在我慢慢清楚了这种状态的缘由是内心无尽的欲望，是对自由的错误认知。

去年的时候，我去旅行，有天晚上住在大山里，看着天空中的一轮明月，突然眼角湿润，我发现我在城市似乎从未见过月亮。难道是城市没有月亮吗？不是，是我忙得忘记了抬头而已。

人的痛苦、焦虑来源于什么？大概是对拥有的视而不见，对得不到的心心念念。于是永远在追逐镜中月、水中花。当我明白这一切时，我突然释怀了。

我开始爱上生活里的一切，爱上我现在的生活，努力寻找让自己舒适的生活方式。不再如以前那般激进，也不再如以前那般拼命。脚步慢下来之后，幸福感反而更强了。我学会了一件事，把放在任何人、任何事上面的精力，都放在了自己身上。突然，我觉得整个世界无比明亮，内心也清明了许多。

只是突然病了，打乱了我这来之不易的安宁。身体的疼痛让我又清楚地意识到，原来这世上还有比自由和自在更重要的东西——健康。

这一年我三十四岁，爱上了锻炼，开始保温杯里泡枸杞。

十年

雾霾遮住了冬日阳光。小城已经许久没有见到太阳了。街上梧桐树的叶子还未完全落下，有时会随着风一起飞舞。

时光回到十年前，那一日，我第一次来到这座小城。我记得那一日的阳光很暖，我还是年轻时的样子：瘦弱，皮肤光洁，眼睛里透着光。我身着一身红色的嫁衣，与父亲抗争了许久终于争取到与迪哥相守的机会。

我跟着他家的车队来到这座小城，与他成婚，余生与他相伴。那晚我躺在旅馆的床上，想着明天我就成了妇人，再也不是少女。虽然内心有点惶恐，但也有所期待。

我不知道我的选择是对还是错。我只记得父亲告诉我说："你自己选的，以后不要回家哭就好。你愿意嫁，就嫁吧！"

我看见父亲眼睛里的不舍，也明白他的担忧。

那时候，我不懂什么是物质，只知道我想嫁的人是他，那就好。我们的婚礼简单而匆忙，甚至连婚纱照都没有拍。

早晨，他跟着一群人来旅馆接我。那时候他瘦弱、白净、儒雅、沉默、不善言辞。他捧着一束花跪在我面前替我戴上戒指，没有表情，甚至有些木讷，像一个被操纵的木偶。摄影师在后面帮我们记录着我们婚礼的每一个细节。

后来我在看我们婚礼光碟的时候，看见那个身着红色嫁衣，一直在傻笑的姑娘，觉得可爱极了。我很庆幸在什么都不懂的年纪成婚，保持着对婚姻和爱情的所有憧憬，保持着纯真，相信爱情，相信未来。影片中的他，一直面无表情，动作笨拙。后来我问他为什么连笑容都没有。他轻声说："我第一次结婚，所以很紧张，不知道该有什么样的表情。"

那时候我们很年轻，我二十一岁，他刚好二十五岁。

结婚那晚，我突然发烧，病得很厉害。吃了药，迷迷糊糊睡了。十二点的时候，他安排好了所有的宾客，微醉地回来，躺在我的身边。我听见他握着我的手说："菲，以后你就是我的老婆了。"

我被烧得迷迷糊糊，只嗯了一声，翻了身继续睡。我的手一直被他握在手心里。此后十年，在每一个相伴而眠的夜晚，他都会把我的手放在他的手心里。他不善言辞，很少表达他的情绪，也从不懂得仪式。喜欢最简单的生活，没有太大的志向。有时我会觉得与他在一起的生活枯燥无味，但更多时候感受到的是前所未有的心安。

有人问我："婚姻的本质是什么？"

我说："两个孤独的人相互陪伴。"

他是与我完全不同性格的人。他喜欢世间一切简单的东西，对未来没有太大的期望，安于现状，还很宅。贫穷或者富有的生活，对他来说都没有区别，只要有得吃。

他很少有朋友，但是对每一个人都很好，保持着适当的距离，喜欢打游戏、看书。他平时很沉默，不爱说话，看起来不好相处。朋友都说他看起来很高傲，只有我知道他撒娇的时候，像个孩子一样纯真。

而我，不安于现状，喜欢一切未知的事物，喜欢旅行，喜欢说话，还喜欢尝试不同的生活，对未来抱有极大的期望。我没有朋友，适应一个人的生活。在家的时候，我总是喜欢和他探讨关于未来的规划。

很多时候，我们生活里只有彼此，没有太多的应酬。在不工作的时候，一起待在房间里，各自做着自己的事情。有了孩子之后，很多精力都放在陪伴孩子上，有时候也会讨论一些生活的琐事。

在贫穷的时候，相互依靠，未曾想过分离。在生活渐渐变好的时候，也更加珍惜彼此的情分。时光一年又一年地从我们的身体上走过。我们渐渐老去，十年的时光就这样没了。有时候我会问他："这样的生活，你觉得幸福吗？"

他说："这世间有多少人能和爱的人在一起。我们应该已经足够幸运了，况且我们还有可爱的孩子。"

他就是这样，对生活没有太多的要求，无论生活是什么样子，他永远都是那副淡然的样子。有时候我会对他有诸多的要求，但他总说："你想要的我都会支持，但是我只想这样安稳地活着。"

有时我们会争吵。他脾气很怪，平时总是很温和，生气的时候，会变成另一个人。两个人相互伤害，来寻找在对方心中的位置，用言语相互中伤，然后沉默。在几个小时之后，两个人都会放弃对峙，小心翼翼地与对方说话。夜晚，他会再次把我的手放在他的手里，一起放在他的肚子上，然后入眠。

有时候，我会想，我们会不会在某一天分开。他说："若是我们不能够白头偕老，我就不相信爱情了。"其实在我的内心也是这般想。

十年前的今天，我身着嫁衣嫁给他。十年之后，我们回到这座小城，过着最简单的生活。有时候我总想，人活着什么样的状态才是对的。在大多数时候，我觉得这样的日子很幸福，但是总是在某一时刻，我对这样平淡的生活感到焦虑。

我总是问他一些奇怪的问题。

他总说："太过聪明的女子，无法获得幸福。菲，你想要什么就去做就可以。我只要你和我一样，简单地生活着。"我与他两个人就这样相互陪伴着，一日又一日，无论是相敬如宾，还是彼此争吵，都是最真实的生活。

所以婚姻最后仅是一个相互陪伴的形式，在孤独的时候有一个怀抱，在需要的时候你在我身边，在寂寞的时候给你一个归处。

这十年，我们都在成长。我渐渐明白了婚姻要怎样去维持。

占有、期望或者欲望都渐渐消失，无论是我还是他。年轻的时候，缺乏安全感，总是不停地查看他的手机，逼问任何一个出现在他通讯录的女子。两个人像两头兽一样相互对峙，两败俱伤。后来渐渐放手，各自拥有自己的世界，互不打扰，相互信任。我坚信他的爱，他亦是如此。即使再激烈的争吵，也能相互谅解，重新开始。

要怎么去爱，我们需要不停地去学习。

十年婚姻，我开始知道爱是无期望的付出。我不能期望他变成我想要的样子。他不注重节日，从不过生日，生活简单，永远喜欢打游戏，看书。除了这个，他对其他事情没有任何兴趣。所以我学会了一个人去旅行，一个人在节日里带着孩子看电影，订好餐厅，一起去吃饭。他支持我所有行为，亦对我无所要求。

我们的爱好像浓烈又淡薄。我们好像爱得很深，又好像根本不爱。

我也会像其他小女生一样问他："你爱我吗？"无论他在做什么都会说："很爱。"从未表现出不耐烦，但是语气平淡。像是我在问他"吃饭了吗"，他答"吃了"一样平常。我在婚姻中寻找活得更好的方法，我在生活中寻找生命的意义，探索与爱人相处的方式。后来我明白，婚姻和爱情带给我的是归属感，是那种落叶归根的心安。

有人问：婚姻到底要怎么去选择？要嫁给你爱的人，还是爱你的人？物质到底重不重要？这些对我来说好像并不重要，重要的是灵魂是否可以托付给对方。

爱情只有纯粹，才能长久。我与他的十年，有很多故事，但是最让我感动的是他不离不弃的陪伴，无论贫穷、富有，无论健康、疾病。

我们结婚的时候，没有宣誓。但是这句誓言在我们的生活里。

房子

年轻的时候，觉得房子并不重要，只要可以和爱的人在一起就能一切都好。毕业之后离家，一直住在潮湿、阴冷的民房里。从十八岁一直到二十六岁，我感觉一直在搬家，从这间黑房子里搬到另一间黑房子里，从没想过要拥有属于自己的房子，甚至觉得这就是我该过的生活。

人的适应能力强大得可怕，一个人身处黑暗中久了，便开始不渴望光明，而会学着如何在黑暗中生存。再后来，就会以为这个世界原本的样子就是如此。黑暗中的生活，就是世界的原貌，不再相信有阳光普照的世界。

贫穷会夺走一个人的一切，甚至连做梦的权利都会被无情地剥夺。

我和迪先生白天上班，晚上住在那间潮湿阴冷的房子里，还要担心房东突然涨房租。于是我们只要打听到哪里的房子便宜，我们就会搬家，住进那个更便宜的房子里。人家的房子是冬暖夏凉，我们的房子是冬冷夏热。那时候的我们几乎不讨论未来。白天上班。晚上回家，他就坐在电脑面前打游戏；我会钻到被窝里用手机看电子书，常常看一半就看不了，要收费，我就换一本继续看。不知道看了多少本一半的小说，虽然三块钱买全本，但我绝对不会买的。

就是这样的日子，我们两个却甘之如饴。家里都为我们发愁，有家有室，却没有稳定的工作。迪先生的父母经常托人帮我们找工作，但都被我们拒绝了。至于为什么，现在也想不起来了。

后来家里说，回家创业吧！他爸爸给了我们一笔钱，说："你们创业也行，买房子也行，这钱给了你们，就是你们的了。你们已经为人父母，以后的事情自己决定。"

我们对于买房子的事情，并没有什么概念。俩人合计一番决定创业，最终赔光了钱，重新过上了蜗居的生活。

2015年初我们从西安回到户县，住在城市边上一座村庄的老院子里。那个老房子已经很多年，院子里长满了草。房间倒是很多，三间卧室，带着厨房、客厅。房顶上的墙皮返潮经常掉落。有时候，晚上正睡觉，一片墙皮掉下来能把我砸醒。奇怪的是，那样的日子，竟然也不觉得苦，甚至觉得这样的房子也蛮好，至少可以看见阳光。

直到那天，儿子站在我们院子门口放声大哭，"我不去，我不去，好烂，好黑，我害怕"。就是在那一刻，我那沉睡的灵魂被儿子的哭声唤醒。那是我第一次想，以后我和儿子要住在那里吗？我要让他跟着我一起住在这样的房子里吗？

我想起了我的童年，贫穷的生活让我始终觉得自己不如别人。我要让我的孩子重复这样的生活吗？不，绝不，生活不应该是这样子的。

儿子的哭声唤醒了我，我知道我该做点什么了。那时候，我们手里有点存款，是当年创业失败之后的葡萄园转让费。

那天晚上我跟迪先生说："我要买房。"他睁大眼睛看着我说："你疯了。"我说："我就是疯了，我不能让我的儿子在这样的环境下长大。"

他听罢陷入了沉思，那时候他已经有了稳定的工作，工资还可以。我们小店卖的钱和他的工资加起来，还能有点盈余。此时我刚拿起笔写作，遇见了很多人。他们心怀梦想，对未来充满期待。我开始读书，在书中我看到了人生的另一种可能。

在决定要买房一个月后，我们终于有了属于自己的家。二手房，老小区，在顶楼，三室一厅，南北通透，有独立的厨房、客厅、卫生间。

我们凑了首付，住进了这间有光照进来的房子。自此之后，生活发生了重大的变化。写作第三年，我们还清了所有债务，重新装修了房间。按照我想要的样子，装了一间书房；重做了阳台，给老公养花。也按照我们喜欢的样子定制了家居，开启了新的生活。

告别了蜗居生活，我们的世界也和房子一样，有光照了进来。

选择

这两天正在修改前段时间写的一部新的小说,反复修改,重新再看的时候,还是会自我感动。有时候会停下来思考这部作品的价值,把作品发给了一个同样爱好写作的朋友,希望他可以给我提出建议。

看完作品之后他跟我说:"无论你怎样改变,都无法改变你是一个悲观主义者的事实。尽管你已经很努力地让你的作品看起来充满希望,可是死亡仍然是你作品的主题。或许这是你所渴望的,于是它才会在你的作品中呈现。这并非不好,不用刻意改变,毕竟作品本身就是带着作者的思想,越刻意反而失真。"

他提出了很多客观的建议,让我十分欣喜,再次修改的时候,反而更加从容。

这一部作品写出来并没用多少时间，只是从确定主题到开始写，竟然用了三个月的时间。以前写作品的时候，总是很随性，想到就写了，写完就结束了。但我再也没有办法接受这样的写作方式，竟开始修改作品，而这是我曾经厌恶的写作方式，如今却甘之如饴。

对于这部新的小说，我已经改了很多次大纲。因为有两三个并行的作品，这部小说写起来并不容易。我已经写过五六版开头了，依然觉得不满意，一直觉得作品情节不够深刻，便开始看书。这一阶段，我放弃了很多工作，把大多数时间都用来思考和看书。

下午看庆山的新书《一切境》，看到庆山的生活状态，心向往之。跟迪先生闲聊，说起我的想法，想要隐退，想要放下眼下所拥有的一切。迪先生说："你的生活需要你自己选择，无论何种选择，我依然会和以前一样支持你。"

又想起这一群跟着我的人，心生愧疚，终究还是难以选择。不过倒是让我想明白了另一件事：每个人都有自己的追求，如有人追求名利，有人追求金钱，有人追求梦想，有人想要活出自己。

前些年，我总是因为别人的成绩而焦虑，而如今谁要做什么，已经没有办法让我的情绪出现波澜。我只想安心地做自己能做的事情，不再贪多。原定的线下活动，打算取消了，把更多的时间腾出来给自己看书写字，这样或许更好。我并不喜社交，可是我看起来确实不像那样的人，因为所有人对我的印象都是一个很外向、很好相处的人。可这样一来，我便会很累。

不过对于喜欢自己的人，依然会拿出十分的热情。过于漠然，反而会伤害别人，给人留下傲慢的印象。这并不是一个成熟的成年人能够做出的事情。理性女人或许更加吸引人，更具有魅力。这可能就是成长。越来越不以自己的喜好对待别人，反而愿意去改变，让自己成为一个让别人舒服的人。

以前的棱角、傲慢、自私、孤傲，渐渐都消失了。

我非常喜欢自己现在的状态，而这些改变都来自阅读和写作时做出的思考。

晚上看书的时候。突然想到一句话，一个作者只有让自己变成一个智者，才能写出有深度的作品。而成为生活中的智者，你就要学会去感受生活，去体味人生百态，去探究人性，并让自己变得博学，从众多知识中提炼出自己的智慧，这应该是我余生要做的事情。

受到一个学员的启发，她说："无戒，希望你出一本散文，写写你的生活。"我才决心要重新开始写散文。散文的价值在于真实思想的呈现，对于小说作者来说，也是一种沉淀。

自卑

我已经快要忘记，曾经是一个自卑而敏感的女子了，不得不说我隐藏得很好。在众人眼中的我自大、狂妄、特立独行、骄傲，唯独没有人觉得我自卑。为了掩饰内心的自卑，我做过很多无厘头的事情。

上学时喜欢中性打扮，寸头，无论走在哪里都是焦点，迷恋这种被万人瞩目的感觉。受到攻击时，会迅速做出反击，打得对方措手不及。假装坚强，在眼泪还没有掉下来的时候，先扬起头颅。有时候为了取悦大家，会反复地讲笑话，来博得众人喜欢，逗得大家哈哈大笑。

只有我知道，那刻在骨子里的自卑在我的身体里不断膨胀，到后来完全控制了我。常常看着人脸做事、说话，活得很累,内心极度痛苦,对人对事都抱有敌意。怕失去所以先离开;怕失望所以从来不争取;看到别人的一个眼神,就觉得那是一种嘲弄,一种蔑视。从未想过这一切不过是自己的臆想而已,并不是任何人都对我怀有敌意。

当一个人看不清楚自己的时候,就会承受很多不必要的痛苦,所以自卑感从小一直伴随着我长大。长大之后,我做的所有的努力都是为了证明自己,想要更多地被认可,于是努力创业,努力挣钱,努力让自己看起来幸福。可是内心的缺失始终存在。

我有完整的家庭,虽然父母都是农民,但是他们很爱我,几乎把所有的爱和温暖都给了我。但是在我生活的环境里,很少有人喜欢我。

那时候,我并不知道,为什么会有那么多人不喜欢我。我的亲戚朋友说起我的时候,都会皱起眉头。我不是一个听话的孩子,也没有女孩的样子,总是喜欢和一群男生在一起玩,上天入地无所不能。

我常常听见,家里来的亲戚在我父母面前说我的诸多不是。母亲总是含笑听着,跟着点点头。父亲很少回应,会坐在床角抽着老旱烟。我把那些对我不满的人记在心里,再遇见他们的时候,变本加厉地整蛊。说实话,我确实没有一点让人喜欢的样子,也没有一点女孩子的样子。我的行为引起他们更大的反感，并没有因此得到关注。

慢慢长大，我走进学校，才知道，这个世界的人和人不一样。农村的孩子和城市的孩子不一样，学习成绩好的孩子和学习成绩差的孩子不一样。自卑感就是这样产生，后来伴随我很多年，一直到结婚之后。

与先生结婚之后，经常听见他们村子里的人跟我说："你好福气，嫁了他们家。你们那农村是不是没有我们这里好？听说你们那里很穷啊！"这样的言语，会让我再次陷入自卑。我痛恨这个世界的不平等，也痛恨说这话的那些人。

我会傲慢无礼地回应这群人。我听见他们在背后说我："那新媳妇嘴巴真是厉害，果然是农村出来的。"这些言语像是刀子，插进我的心脏，同时又像养分滋养着我内心的自卑感。因此我变得更加敏感，甚至很少与人交流。再后来工作好几年，即便有人问起我的家乡，我也很少说起自己来自农村，来自甘肃。

不知这是虚荣还是自卑。

我也曾见过一个非常优秀的姑娘，对着自己喜欢的男子，踌躇不前。她说："其实我很自卑，我觉得自己配不上他。"姑娘的条件并不差，一个人在城市打拼多年，自己买了车子，还买了一个六十平方的小公寓。她长得很漂亮，工作很努力，在外人看来已经非常有成就。但是那种自卑感还是会影响她。她从小和母亲相依为命。母亲是农民，有时候去给人帮厨，现在在城里给一家有钱人做保姆。

我理解她的担忧，也理解她的痛苦。那些伴随我们长大的东西，那些先入为主的情绪，后来成为我们性格的一部分，很难剔除。姑娘一直到最后都没有去向那个男孩表白，就这样与他错过。

这种心理像是魔咒一样控制我们的行为，让人沮丧、失意、暴躁、易怒，轻易否定自己。

我记得因为外人的言语，我与先生每次出现争吵，都会延伸到他很嫌弃我这个点上。对此他很无奈，到后来甚至放弃解释。别人一句无心的言语，都会让我产生过激的反应，总觉得，所有人都在轻视我，否定我。我为此承受了很多痛楚，觉得活着都毫无意义，对整个世界都带着敌意。

当人陷入这样的情绪，所有的安慰或者理解都会变得苍白无力，毫无用处。改变是从什么时候开始的？应该是离开家乡之后，也离开了工作的环境，与先生搬到县城，远离村子。在这个陌生的环境里，没人了解我的过去，也没有人对我的生活指指点点，我们的生活里只剩下自己。

没有朋友，没有亲人，在一个完全陌生的环境里。在这样的生活里，我获得了自由，应该是一种心灵上的自由。我开始读书，写作，抄写佛经，安静地生活。

就是在这样的生活里，我学会了思考和放下。在我身上戴了多年的枷锁，在这样自由的生活里，我找到了钥匙，我试着对每个人友好，对每个人微笑。我发现身边的人都是生命里的阳光和温暖。

我在书中看到如我一样的主人公如何涅槃重生。我记得曾经在那本书上看到这样一句话：生活是一面镜子，你对着它笑，它便对着你笑；你对着它哭，它便对着你哭。你拥有什么样的生活，完全取决于你是什么样的人。

我试着改变，试着让自己静下来，试着去寻找自己想要什么，试着放下偏见去看身边的人和事情，试着对每一个人报以热情和真诚。在那一刻我看到一个不一样的世界，一个彩色的世界。

我曾在自卑中失意过，但也在自卑中奋起过。自卑不可怕，可怕的是我们没有勇气面对它，没有勇气改变它、控制它。后来我才知道，自卑源于我内心的缺失、内在力量太弱。我太容易被外界干扰，无法坚定地做自己。

这些年，我一直在寻找一个答案，一个让自己获得自在的答案。原来只要遵从自己的内心去活着，一切问题都会消失。只是那时候，我太小了，无法懂得这个道理。

梦境

夜渐渐深了,窗外静了下来。做完最后一份合同,关上电脑,我整个人累瘫在沙发上。

我在想:"活着的意义到底是什么?难道就是为了这样没完没了地工作吗?"

问了自己无数遍,一直都没有找到答案。起身站在窗口,望着已经熟睡的世界,想要在黑夜里寻找答案。夜空中再也看不见星辰,只有月亮孤独地挂在天边,像极了此时的我。

苦笑了一声,跟自己说:"你又开始矫情了。"说完这句话之后,心情恢复了不少。经常会做这样的事情,自己说服自己,自己给自己讲道理,自己给自己寻找动力。

从梦中醒来,告诉自己,又是新的一天,一切都会不一样。想象着可以找到了这个问题的答案,不再迷茫,不再痛苦,可以尽情地去做自己想做的事情。然而,事实并非如此,又开始进入下一个轮回。在轮回里,依然茫然失措,机械地做着应该做的事情。

同样的夜晚,完成工作之后,我站在窗前企图在黑夜里找回一些什么。可是这一夜,却发现自己连欣赏孤月的兴趣都失去了。躺在床上,望着天花板,很快进入了梦乡。

那一夜我做了一个长长的梦,梦里我死了,我结束了痛苦的一生。我的灵魂来到了天堂,在天堂里遇见了成日念叨的佛。我分不清楚他是什么佛,只知道他是佛。他看着我笑,我跪在他的面前问道:"我这一生,价值几何,我又因何到这世间?"

佛曰:"人生意义几何,全看你如何理解。你终日活在虚妄里,忘记了当下。你想要的一切,都在你身边,你从未看见。"

我恍然大悟,可是这一切都已经结束了,我再也没有机会重来,此时我并不知道自己身在梦境。于是我又问佛:"众生皆苦,如何才能脱离苦海获得涅槃?"

佛曰:"苦与乐都是人赋予的。没有人说过众生皆苦,那是世人给自己的禁锢。若是你能留住快乐,你愿意享受快乐,便可脱离苦海。"

佛眼前的迷雾逐渐散去,我看见了一张和我一模一样的脸,再次陷入困顿。佛是我,我是佛。谁能度我,我忽然找到了答案。

那一夜很长,足够让我去了一趟天堂。天亮了,我醒了。想起了昨夜的梦,想起了那一幕——佛就是我,我就是佛。这世间谁能度我?唯有自己。

那天之后,很多人都说我变了。我不再执着于活着的意义,因为我知道了世人因为太过执着于某一件事的答案,才会陷入痛苦。尝试放下,放下一切让人不快乐的事情,我不再需要自己说服自己才能活下去。生活还是原来的生活,人还是原来的人,可是一切真的不一样了。

后来我在《金刚经》看到这句话:"无我相,无人相,无众生相,无寿者相。"突然热泪盈眶。

原来破除我执,即得涅槃。

本我

别忘记做最重要的事情,脑海中突然出现了这样一句话,很突兀,没有缘由。

在办事回家的路上,没有打到车,一个人在一条没有人的街道上走着。远处是城市,城市里是高楼。我一抬头就看见了高楼,看见高楼的第一感觉是窒息。为什么会有这样的感觉,我并不知道,只是有一种感觉。

心情很低落,要办的事情没有办成,反而浪费了一上午的时间。脑海中就出现了刚才说的那句话——别忘记去做最重要的事情。我遗忘了什么?我努力地想。一想头就疼了。这些天一直头疼,脑仁像是被锤子重重压下,疼起来全身冒汗。那种感觉很不好。

因为最近太忙了,忙到休息得太少。每天一睁眼,就有很多事情等着我去做。头疼得厉害,让我有种命不久矣的感觉。我还在这条路上,那句话一直横在我的脑子里。我忘记了什么?我努力地想,路边跳出来一只猫,应该是野猫,很漂亮。它看了我一眼,消失不见。

我走过一个红绿灯,转弯。路上车子多了起来。我还在想我遗失了什么?心空荡荡的,很难受。这种情绪,在忙碌的生活中已经很少出现了。每天一睁眼,就开始想怎么挣钱。这俗气的事情,我以前一直把它作为理想,现在却让我厌恶。

不知道为什么会有这种转变。我又想起昨天和迪先生说的一句话:人不应该多读书。书读多了,脑子就不正常了,想得很多,而且想的很多都毫无意义。

他说:"虽是这个道理,不过不读书,可做的事情更少了,那生活更无意义。"

此时,我感觉头疼欲裂,可是没有办法缓解。那个问题还横在我的脑子里。它到底在提示着我什么?我发现我走了很久,离公司越来越近,不过问题的答案还是没有找到。

我开始回忆这些年的生活:一边写字,一边看书,一边讲课,一边努力让自己快乐。忙忙碌碌,不知道真的快乐吗?

很多人都说我积极向上,活成他们想要的样子。然后我信了，变得更努力，更忙了。什么事情都想做，野心变得更大，欲望更多。不过在深夜里，我时常感到空虚，像是被某种不知名的东西吞噬。然后失眠，晚睡，躲在被窝里看书。

看着书里的世界，脑子里的东西更多了，人更混乱了，什么都想不明白了，最后浑浑噩噩。可是无法停下来，因为停下来的时候，更痛苦。精神世界的某些东西在变化，变得很脆弱。

冬天了，是冬天了。过了这个冬天，就又一年过去了。我在忙碌中追寻什么？我问自己。我还在想那句话——别忘记做最重要的事情。

回到公司的时候，看到电脑，打开微信，我突然想到了。我被信息淹没了，很久没有独立思考了，这很可怕。

早晨我看到了一个朋友的朋友圈。一天发十几条信息，努力地打造着自己虚无的人设，无论这个人是不是真实的他。看着很真实。我又翻了他的公众号。他应该有一年没有自己写过文章了，所有文章都是销售的软文，在竭尽所能地告诉大家：你看我赚到多少钱，我用文字打造了自己的商业王国。应该是这件事，刺激到了我，所以脑海中才会出现那句话。它来提醒我：别忘记你要什么。

应该是他的信息让我看到了自己，不管做什么，不要忘记为什么出发。

这些天，我一边备课，一边策划下一本书。有时候直播，有时候拍视频，每天排得满满当当。这就是我的状态，我的状态和他的状态似乎一样。可是这样的变化，让我觉得痛苦。以前看到别人的成绩，我的第一反应是焦虑。如今我的第一反应是害怕，害怕自己变成他那样的人，成了机器，不再是人。

"别忘记做最重要的事。"我努力地想这个重要的事情。我想到了，就是别忘记初心，别忘记你因为什么而去做这些事情。

我忽然想起十几岁的时候，一个梦想：写小说，写我看到的世界。原来这就是那个重要的事情。不光是赚钱。赚钱是好事，可是商业思维会让你变得越来越像一个商人。这很可怕，我不喜欢这样的感觉。

我必须是我，不能变成别人。这是我痛苦的根源。想明白这件事之后，我觉得轻松多了。甚至连同焦虑都消失了。这一刻我是快乐的，即使是一刹那，也觉得幸福。

孤独

有没有一刻你突然觉得很孤独。当你拿起电话，发现不知该打给谁；当你想要逛街，发现没人相伴。

于是你一个人看了电影，一个人逛街，一个人走了很远的路，独自在咖啡馆喝咖啡、看书。其实，当我们发现自己孤独的时候，会很难过，像是被世界遗弃的孤魂。我们接受孤独并享受孤独的时候，就会发现其实独处的时光很美。安静地享受阳光的抚慰，思绪可以随意地飞扬。那么这一刻，虽然孤独，但是很自由。

天终于晴了，阳光一点一点漏了出来。她坐在书桌前，浑身乏力，对任何事情都提不起兴趣，决定出门走走。从书房出来看着镜子里的女人，头发枯黄、凌乱，黑眼圈极重，果然过了三十岁的女人老得很快。

她站在阳台，打开窗户，把手伸出去，像是在抚摸阳光。

手机响了，她看到是先生，她听见他说："外面的阳光很好，你出去走走。"

她说："好。"

她把那本看了一半的《红楼梦》扔在书桌上，伸了一个懒腰，站在电子秤上看了一眼。这体重丝毫未减。她看了看贴在墙上的计划"减肥十斤"，像是在嘲笑她的无力。她对着镜子看了良久，决心梳妆，描眉画唇。镜子里出现了一个跟刚才完全不一样的女子，她用力地对着镜子微笑。镜子里有笑容绽放，还有青春活力。

她拿出手机自拍了一张，又看了一眼照片，觉得这个女人很陌生，但是看着让人欢喜。她对自己说："你应该每天都这样活着。"

在房子里待久了，看见阳光的时候，会不自觉地眯起眼睛。小区花园里的花开了，五颜六色，争奇斗艳。前些天还在开花的杏树，已经结了果，她这才想起已经立夏了。

外面的世界很热闹。一个人走过大街小巷，站在十字路口的时候，她突然觉得孤独。她坐在路边许久，看着来来往往的人群，好像唯独自己形单影只。

其间,她的手机响了两次,都是推销员打来的。她并未认真倾听,礼貌而客气地拒绝,挂了电话。

时间一分一秒地过去,她坐在十字路口看着行人。头顶的大钟响了起来,钟声悠远。她从刚才的神游中醒了过来,在这里,她看到了如胶似漆的情侣、幸福的一家三口、手拉手走过的闺蜜、正在争吵的夫妻、站在烈日下的警察、扫街的清洁工、神情漠然的商贩。

慢悠悠地起身,她抬起头看了一眼钟,已经正午了。她沿着马路继续前行,脑子里不断播放刚才看到的情景,好像没有那么难过了。

走过高楼群立的市中心,再次停留。眼前是大片的薰衣草和一条不知道通往何方的火车轨道。草丛中她看到了成双成对飞舞的蝴蝶。在离花园不远的地方,有一排供人休息的长椅,长椅背后有一棵很老的柳树。树叶很茂密,像是一把大伞遮住了阳光。她走过去,靠着椅背坐下,看着火车轨道发呆。她在想她的孤独,她的人生。

"明天会重新开始。"她在备忘录里写下这样一句话,她看见备忘录里放着很多写好的诗,还有很多写了一半的小说、记录的句子、心情。

2019年1月初

　　未来可期,记得给自己希望。

2019年2月5日

　　我们可以爱一个人多久?你说是一生,我差点信了。

2019年3月20日

　　或许你应该放弃,你总是在妄想和做梦。

2019年4月16日

　　我想象着自己是一名战士,但是此刻我想战死。

2019年4月27日

　　太过幸福的时候,我总会觉得虚无,害怕失去。

2019年5月初

　　我在阴雨里腐烂!

还有很多莫名其妙的句子。她想象不出这些都是她写的,因为这一点都不像她。这是谁写的,为什么会在她的手机里?

她打开微信,发了一张照片在朋友圈,配上一句:"独处时光。"本来她打算写一个人的孤独,又觉得太过矫情。很多人留言点赞。有人说:"羡慕你的生活,悠闲自在。"有人说:"诗情画意的生活唯美。"她笑了一声,关上手机。看着远方自言自语道:"到底是我活在虚拟世界里,还是世界本就如此?"

说完这句话,她又笑了,补充了一句,此刻自己看起来像个哲学家!语言里带着无力,又充满嘲讽。

天暗下来的时候,她来到了一个完全陌生的地方,回头看走过的路,有她留下的脚印。这一路上,她看见过田野、花园、急速飞过的车流、路边的小摊、天空飞过的鸟儿、传出歌声的商铺……

她喃喃自语:"原来世界这般热闹,而我并不孤独,只是忘记走进世界去生活。"

这一年我二十九岁,学会了享受孤独,爱上了独处时光。人大概就是这样,随着年龄的增长,一点一点变成另一个自己。

或许她是我,也有可能是你。

希望

三月春暖花开，整个世界阳光明媚，即使乌云也遮不住春天的气息，所有的生命都争相绽放。我在医院里看着世界，思考着生命的意义。

昨天在医院，我看到一个女孩，光着头站在阳台看着窗外，眼神忧郁。我站在她身边许久，想跟她交谈，可又觉得过于唐突。最后还是她主动跟我打招呼的。我们跟朋友一样在医院的阳台上聊天。她说她在医院太久了，已经不知道外面的世界变成什么样子了。她说她的生命随时会结束，现在活着就是等待死亡的降临。她说死亡一点都不可怕，可怕的是活人的冷漠。她拖累家人太久了，家人早已对她厌烦。她想悄然地离开，却被抢救过来。

她说："我不明白，她们既然嫌弃我了，为何不放过我？"我不知如何安慰她，只能静静地听着。等她说完，我们两个便一起沉默看着窗外。她小声跟我告别，回到了自己的病房。

第二日早晨，我听到外面的哭声，跑出去看到她的家人跪在楼道撕心裂肺地哭泣。有人告诉我她离开了，昨晚走的，安静地、没有声息地离开了。

我不知道，她离开的时候是否有痛苦。可是，我想她大概对世界失望透顶了，所以都没有一丝挣扎。死神降临的时候，她就那样跟着它走了，甚至不愿意跟这个世界告别。

我站在楼道里，看着她被推了出去，想起她那双忧郁的眼睛。我看到她的母亲哭到晕厥过去；他的父亲跟着她一步一步前行，腿似有千斤重。我想这一刻，他们的悲伤是真的。

转身回病房的时候，我感觉到我的眼角有泪，原来我哭了，我已经好久都没哭过了。看到年轻生命逝去，我很难过，好像灵魂被什么东西扯了一下，生疼。

生命原来有时这般脆弱，就这样轻易地就会结束。看着床上，饱受痛苦的奶奶、蜡黄的脸、瘦弱的身体、渴望活下去的眼神。我开始重新思考活着的意义，或者说生命于我们来说到底是什么？

有人说活着是为了死去，有人说活着是为了活下去，而我想活着是为了这个世界上爱我们的人有幸福感。

早晨刷朋友圈的时候看到一句话："活不下去的时候，就去医院看看。"这句话说得真好。在医院的这两天，我接触到最多的就是生与死。我一直以为死亡离我很远，当我站在医院住院部的走廊上，突然感觉死亡离我很近。

年轻的女孩癌症去世，她安静地躺在床上，没有一丝气息；父母哭晕在楼道里。手术失败的中年男人，昏迷不醒；妻子脸色苍白，不眠不休地照顾他；儿子、女儿跪在床前为父亲讲过去的故事。男子依然纹丝不动，看起来像已经死去，但医生说他还活着。

我看得心酸，这就是世间的人生百态，各种苦难夹杂在一起，说不出为什么生活会变成这样。

我忽然明白，释迦牟尼想要寻得证悟之前的心情。他看到瘦弱的乞丐、病魔缠身的老翁、丧失容颜的老妪。他心怀怜悯，放弃一切，去追寻人生解脱之道。这一刻，我能深深地理解阿弥陀佛的心境。

我心怀怜悯，可是却没有任何办法去改变，只能看着，心一点一点地下沉。

回头看床上的奶奶，安稳地呼吸，她痛得太久，医生打了止痛针，才得到此刻的安宁。她一直不肯睡去，从她的眼神中可以看出她渴望活着，她说："怕睡了再也醒不过来。"听着她这句话，我心生悲凉。

原来当人真正面临死亡的时候，是恐惧，并不是我心里想的那种坦然。那种渴望生的欲望支配着身体，甚至意识都不受控制。想起我曾经大言不惭地讨论生死，这一刻觉得自己曾经是那般可笑。

我记得我曾经跟迪哥讨论过谁先死的问题。他总说："你这么笨，如果我死了，我担心你一个人不会生活。"人一生总会遇到那么一个人，你所有的聪明在他眼里都看不到，而他愿意把你惯成一个笨蛋。

我一想到有一天他会死，心就会不自觉地感觉到疼。我记得曾经梦见，他跟着世界一起毁灭了，这个世界只剩下我一个人，很孤独。那种孤独侵蚀着我的身体，让我痛到无法呼吸。现在想来这个梦是十分有意思的。如同这个梦境那样，如果他真的离开，那么我的世界应该也会跟着一起消失不见了。

有时候我觉得人活一生就是在探索死亡的秘诀。我们一直努力着，一点一点靠近死亡，而这个过程被称为人生。

原来人活一世，重要的不是结果，而是过程。

我们从生到死经历了什么，我们从生到死有什么刻骨铭心的事情，我们曾经爱过、伤过、痛过，这一切都称之为人生。

生与死，这一刻忽然不那么重要了，可是想到死亡会带走我身边爱我的、我爱的人，我依然会觉得难过。可是现在我更想过好现在的生活，让我们在活着的时候幸福地活下去，也许当死亡降临的时候我们就没有那般悲伤了。

医院里依然每天有人来，有人走，有人平安出院继续自己的人生，有人就那样悄然离开世界从此消亡。而我已经不会再那般多愁善感，悄然坐在奶奶身旁陪伴着她，等她好起来，一起谈笑风生。

当下

立春之后,我开启了新的生活,投入忙碌的工作。有人跟我说:"看你写的《38℃爱情》这本书,完全想象不到你曾经是那样的女子,任性、肆意、尖锐、满身是刺、自私、狂妄。现在的你看起来是那样的阳光、平和、充满希望。"

我分不清楚哪个是真实的我。有很多人喜欢这本书,很多读者告诉我:"这本书把我看哭了,主人公的人生像极了我的人生。"

书中的我太平凡了,可能世界大多数人都如此平凡,所以才有共鸣。我没有想到这本书会被大家如此喜欢,因为这本书最大的意义是记录,记录真实的生活。也因为大家的反馈,我重新开始思考作品的价值到底该怎么体现。新书《云端》已经改了第四版了。以前写完一本书总是迫切地想要拿出来给大家看,从《余温》出版之后,这种心态逐渐消失。

看到作品被传播、被喜欢,身上的责任便多了一分。越发觉得自己也是一名作家了,要对得起大家的喜欢,对作品变得挑剔。

雪从早晨一直下到晚上,落了厚厚的一层,从书房看出去,整个世界都被大雪覆盖,让人忘记已经是春天了。突然想起来一个词"乍暖还寒",想到这个词就想起曾经写过的那部《乍暖还寒》的小说。

那年十七岁,整日坐在教室里写小说。其实那时候并不知道写小说是为了什么,不会投稿,也没有想过要投稿,就是想写,写了很多故事。《乍暖还寒》就是我写的第一部小说。后来高中毕业,放弃了写作,一把火烧了曾经所有的作品,因此这本小说也在大火中付之一炬。年轻的时候,就是这样做什么事情都果敢、冲动、任性、毫无章法。什么都不在意,肆意妄为地活着。

三十多岁之后,变得理性、坚定、平和。虽是如此,依然时常会觉得空虚,会把每一件事情都尽可能做得尽善尽美,可是唯独缺了一点什么。缺的是什么,我不知道。

我记得一个哥哥说过我:"你身体里不安分的因子,决定着你无法拥有你想要的平凡生活。"什么样的生活适合我？我问过自己，没有得到答案。我整日给很多人答疑解惑，但其实自己的很多问题依然找不到答案。

沉迷于阅读，是我当下生活中最幸福的事情。前几年从不读外国名著，近年来读的多是外国名著。但有时候名著看多了对于作者来说，也并不是好事，天天觉得自己写的是垃圾，下笔变得艰难，想的比写的多。可是无法抑制，就是想读，一旦休息，就想去看书。

我有一间书房，原先是孩子的卧室，重新装修之后，成了我的书房。我给房间里装了一面墙的书柜，放满了书。坐在书房里，看着我的书，闻着满屋子的书香，我就觉得幸福。

工作很忙，尤其今年，事情越来越多、业务越来越多，要做的事情似乎总是做不完。有时我在想，我做这些事的价值在哪里？直到这个书房装修完成，我可以坐在属于自己的书房里看书写字。我终于明白，这一切就是为了过上自己想要的生活。

雪停了，太阳出来了。太阳一出来，大雪就消失不见了。雪融化成水顺着房檐滴落，滴滴答答的声音让人以为正在下雨。伸出头一看，雪已经没了，原来是春天悄然无声地统治着世界。

我坐在书房里改小说，看见以前写的作品，发现以前的文字比现在的文字更纯粹。现在的文字多了技法，有时候反而过于刻意。这应该是每个作者都要经历的阶段吧。所以又开始为这群刚开始写作的伙伴而开心，因为他们正在经历这种最纯粹的写作方式，这对于作者来说，应该是最幸福的时刻。

《云端》改完之后，我打算停一停，出门走一走，再开始写新的小说。春天来了，生活还在继续，明天我们依然要为了生存而努力。

旅途

一个人出行，带着本喜欢的书，背着一个巨大的旅行包，远远看起来像极了一个鸵鸟，身上背着一个世界。结婚之后，像这样独处的机会越来越少，总是忙着挣钱，忙着照顾孩子，留给自己的时间越来越少。

想起年少的时候，总是肆无忌惮地一个人到处跑，让迪先生没有安全感。有了孩子之后，放弃了以前的任性，安心地做着一个好妻子、好妈妈。很少想到自己，更多的都是为了孩子和改变现状努力着。

有朋友说：你能安定下来，真是个奇迹。可是这个世界上总有一个人让你放弃自己原有的生活。而遇见他之后，我为了爱安定下来。

当再次启程的时候，心情有些忐忑。目的地不远，是离家不远的兰州市。为什么选择去这里，自有我的想法。作为甘肃人没有去过省城，听起来不太像话，所以把目标站定在这里。

早晨起来的时候，天突然阴了下来，没有昨日的燥热，看起来是出行的好天气。好久没有出门了，忘记做准备。一路上匆匆忙忙地奔跑。永远活得像个孩子，这个特性一直保持到现在。留起了长发，但走路的时候还是会大大咧咧，被很多人说过："你应该像个女孩子一样优雅。"但那种特性好像印在骨子里，剔除不了。

小时候总是有一个愿望，想成为男人。后来慢慢长大，越来越像一个女孩子一样生活着。骨子里一直有些男孩子的坚硬，喜欢在生活中自己照顾自己，很少依靠他人。有人说："你这样活着多累，女孩子该有女孩子的样子。"而这一点我始终没有学会。

好久没有写过自己的故事，总是忙着写别人的故事，对自己的内心总是羞于向别人展示。我想起曾经阳光明媚的午后，像一个少年一样奔跑在篮球场上，将汗水和快乐都留在了这里，将青春也留在了这里。好像整个青春都在暗恋，记不起那些少年的模样、姓名，唯一记得的是那段青春岁月。那时候活得肆意畅快，而长大之后，很多时候身不由己，无法自由地做自己。

七个小时都在火车上,看着外面极速而过的景色,有时会用手机记录下来。旁边坐着来自老家的男子,说话圆滑,说起与妻子的感情有些无奈。也许他过得不够幸福,总是在路上,一个人去过很多地方。他说他习惯一个人生活,出门之后甚至忘记家里还有妻子。看着他,心生悲凉。他对于生活就是如此放任,责任于他来说什么也不是。这样的人心里只有自己。我曾经想象过,去过他那样的生活,只是成为妈妈和妻子之后,好像很多事情都变了。这大概是女人和男子之间的区别。

我已经不是多年前那个可以心无旁骛到处乱跑的小女孩,而是已经心有牵挂,对着家和爱人。对面的男子来自河南,说着正宗的河南话,一个人去拉萨。这趟列车是去拉萨的车。有很多独自去拉萨的人。我跟他交流关于对拉萨的执念。他说他在城市生活太久,压力太大,需要出行,去拉萨寻找心灵的栖息地。

每个人都有自己的目的地,有自己的理解。跟他们一起讨论关于婚姻、生活、信仰。陌生人之间的聊天可以肆无忌惮,随意地说起生活的任何事。外面的天气不停地变化,雨天、阴天、艳阳天,不停地变化着。好像走过了四季。

对于目的地没有太大的期待,只是享受这种旅途的感觉。

又一次坐在火车上看安妮宝贝的散文，对旅途有了更深刻的理解——旅途也许不是单纯看风景，而是走脚下的路、遇见不同的人、听更多的故事。看世界，看与自己不一样的世界。好久不坐火车，有些诧异。车厢没有我想象的嘈杂，反而很安静，每个人都在忙着看手里的手机，很少有人看风景。

火车驶出陕西，进入甘肃。山变得光秃秃的，没有绿色的树，远看像一座座巨型的墓。大西北的荒凉就这样进入视线。这里跟老家没有太大的区别，都是山连着山。这种美感和陕西的山很不一样。陕西的山郁郁葱葱，像小姑娘一样清秀；甘肃的山，几乎看不到植被，光秃秃的，像极了北方粗犷的汉子。不同的地方总是有不同的风景，带给人的感觉总是不一样的。这就是旅途的魔力。

离目的地越近，心中那种兴奋反而越少，心越发平静。下一站会遇到什么，都是未知。这种不确定，让人心灵在飘浮，好像没有根的浮萍。这就是想要的生活，这就是大家说的诗和远方，真的很美好。

独行

我曾有一个梦想：读万卷书，行万里路，写天下事。如今这些梦想一点一点照进现实。很多年被困在家里，这次离家出行，是突然决定的。我跟他说："我想去旅行，在家里困得太久了，我整个人已经快要无法呼吸了。"

他说："你要去哪里？"

我说："还不知道。只是我必须走出来。"

他说："你一个人吗？"

我说："从前，我一直一个人。"

他说："如果你真的想去就去吧。"

于是我背上行囊出来，拿着手机里攒下的2300块钱出发了。第一站，兰州。到兰州的时候，已经是晚上了。好久没有走出家门了，猛然间到一个陌生城市，还是有诸多的不适应。

住在黄河边上的一家藏式小青旅里。太空床，其实就是一个小格子里放一张床。35元一晚上，极为便宜，对我来说刚刚好。阳台上有一面大大的窗户，因此夜晚可以看见黄河，可以看见兰州市的夜景，很舒适。我趴在小桌上写故事，看着外面陌生的风景。

青旅的老板是个三十岁左右的小伙子，未婚，有自己的小理想。开这样一个小青旅，是为了实现心中的诗和远方。平时做生意很忙，但他离开的时候会关掉青旅的门。他肆意任性，好像只把这个青旅当作某种寄托。他说在这里可以遇见各色各样的人。他们来自四面八方，而且每个人身上都有属于自己的故事。他会与他们喝茶聊天，听他们讲路上的趣闻，有时可以聊到深夜。

这也是我曾经向往的生活，只是这几年，为了生计，那些诗和远方似乎真的变成了遥远的梦。这是结婚的第八年。这八年来，我如我的母亲一样，被困在家里，除了娘家，没有去过其他地方。偶尔我也会想起，曾经的梦想，可是一看到年幼的孩子，还有那银行卡的余额，就瞬间清醒。或许我这样的人，就不配拥有梦想，不配拥有诗和远方。

我开始写作之后，才发现这世上真有人过着我想要的生活,他们做着喜欢做的事情,过着喜欢过的生活,按照自己的意愿活着。

那天我问自己,为何你不行。有了这个念头之后,我便开始谋划第一场出行,开始攒钱,然后鼓起勇气走出家门。我并不知道要去哪里,我就只是想试试,我是不是也可以去做自己想做的事情,去过自己想要的生活。

然后我便走了。离开家的那一刻,我发现,其实很多时候,不是我们无法拥有我们想要的生活,而是我们太害怕去改变。改变意味着未知,而这未知让人恐惧。

我终究还是做到了,一个人出行,漫步在黄河边,听着滔滔不绝的江水声,浑身舒展,好像把灵魂从牢笼中解放了出来。站在黄色的快艇上,体验飞一般的感觉。快艇在黄河上极速前行,仿佛要把我淹没。站起来迎着风,对着黄河呐喊,疯子一样,但是真的很畅快。好久没有这样肆意过了,那一刻,我感觉自己似乎还很年轻。

在黄河边的躺椅上观察行人。要一壶茶,喝一下午,看人群来来往往。一起旅游的夫妻,年龄不大,心无旁骛地在路边接吻,两人深情款款。年轻总是好的,无论是身体还是心灵都没有被禁锢。可以狠狠地爱一个人,也可以随意地离开。长大以后,开始懂得责任,有越来越多的担忧,会活得小心翼翼。

看着他们，想起年轻时候的我也曾这般美好过。

黄河游轮餐厅的工作人员，始终是忙碌的，他们会很客气地为你推销他们的酒水。各种推销产品的人以此为生，对每个人小心翼翼，找到切入点迅速搭讪，但大多人神情冷漠。我能理解他们的做法，因为太多关于推销的骗局让这些销售员的工作举步维艰。看着他们的背影，想起那年曾经我也这般辛苦过，这就是生活。

有专业乞丐，是两位年迈的大爷和大妈，两个人商量如何开始：你从左边开始，我从右边开始。如果要不到还会辱骂游人。离开他们乞讨的地方，我看到大妈拉着大爷的手，两人很亲昵，商量着什么，表情愉快。

这就是生活。这些不同的人、不同的生活组成了这个世界。他们每个人都用自己的方式活着。就像此刻，于我来说，躺在黄河边上，晒太阳、喝茶、看书，就是自在。而这种内心的自在大概就是我现下生活的意义。

青海

青海跟它的名字一样，美得不像话。

到达青海湖的时候已经八点多了，大概是因为海拔太高，身体有些不适应，身体很乏，耳鸣，甚至头晕。但是心很静，很喜欢这种感觉。

住在黑马河附近109国道的边上，离青海湖很近。放下旅行包，和妹妹一起去了湖边。这时天色已经很暗，太阳的光只剩下余晖，整个世界都快要被黑暗包裹。我们悄悄地走在湖边，听着水声，有丝丝凉意。

我转过身问妹妹："旅行于你的意义是什么？"她说："看风景，长见识，更多的是让心灵放松。"我笑笑。她越长跟我越像，骨子里总有些许不安分的因子在里面。因太晚的缘故，我们在湖边只待了片刻。回去的时候，天已经完全暗了下来。路上只有我们的说话声和几声犬吠，整个草原很寂静。

忽然在我们身后出现一条不知是狗还是狼的动物，一直跟随着我们。我回头看它，它也看着我，看起来很温顺。我看到妹妹有些慌乱，握握她的手悄声告诉她不要说话、不要跑，慢慢走。而它一直跟随着我们。我回头看它的时候，它会停下来。我不确定它到底是狼还是狗，那一刻只能强装镇定。

忽然想起狼好像怕光，悄悄打开手电。它在离我们不远处，看到了光，踌躇了一刻从侧面跑开了。我看到妹妹松了一口气，打趣她说："是不是吓坏了？"她笑笑说："还好有你，如果我一个人会被吓疯的。"

这次旅行并没有很顺利。来的时候火车上起火，到处都是浓烟，幸亏找到了源头。那时候，很多人很慌乱。看着慌乱的人群，脑子忽然浮现出孩子、父母、丈夫的样子。

妹妹说："姐，你背的那个巨大旅行包，让你看起来风尘仆仆。"

对于旅行包，我总是有执念。每次出行，我习惯背一个巨大的旅行包。记得年少的时候，我有一个黑色的旅行包，我带着它去过很多城市，但后来它消失了，找寻不见。我念念不忘它好多年。现在这个旅行包，是老公送给我的。他当时说：

"这个送给你,我知道你的梦想,希望有一天你带着它可以行走世界。"这大概是我收到他唯一的礼物。

早晨出发去下一个景点。有人说,出门招手就可以搭到顺风车。其实不是这样的。我们招了很多次都没有遇见想载我们的车,我与妹妹决定徒步去附近的黑马河镇再做打算。十二公里不算远也不算近。出门就是要这样任性一点才能玩得更好。

我们沿着青海湖边前行。青海湖与我想象的差别太大。它的美无法用词语来形容。天和水连接在一起,让人分不清哪里是水,哪里是天。它太让人震撼,一眼望不到头。走得太久,累了只能坐在湖边休息,好久没有走过这么久的路,感觉身体有些无法支撑。再次回到公路边期望可以遇见顺风车。牧羊人已经赶着牛羊出来了,成群结队的牛羊散落在草原上很美。

忽然发现路上的风景也很美。两个人在公路上奔跑,或者席地而坐拍照,或者去跟牧羊人打招呼。走起路来反而没有那般累了。在路边遇见的几名僧人热情地邀请我们过去,为我们倒了茶水,递了水果。我们对他们表示感谢,跟他们一起交谈。他们着急赶路,我们只能说再见然后离开。继续徒步前行。

远处的山上还有积雪,天空飘着云彩,但是感受到强烈的阳光,晒在皮肤上有灼烧感。这一刻,感觉身体是负重的,但是心灵是释放的。这种走在路上的漂泊感很美好。

长安

我很清楚地记得,那天早晨的宁县微凉。高考过后我决定去看长安的繁花似锦,没有告知任何人,一个人毫不犹豫地跳上了汽车。

我曾在书本上无数次听过关于它的故事,看见过它的容貌,只一眼就爱上了。它就是十三朝古都西安。我孑然一身来到古城,想要去触摸它的灵魂,感受它的沧桑,看尽它的美景,把它刻在我的心里。

我跳下车,看到"西安"两个字,内心异常雀跃,一眼就看到了火车站前面的城墙,与画中无异,仿佛一见就能忆起那些兵荒马乱的日子。我用手拂过城墙,听他诉说这千年的寂寞。

顺着城墙公园转了一圈。公园里有遛鸟的大爷、练太极的大妈、吹笛子的哥哥、唱秦腔的乐团，让我如同置身在古代的集市上，很美妙，一切烦恼、忧愁被抹去，让人不得不感叹古城的神奇。

我站在钟楼上，听着钟楼的钟声飘进我的耳朵，击打着我的灵魂。几百只鸽子就那样从钟楼上一哄而散。那场景，梦幻至极！

游一次古城，如同一场穿越。我站在华山之巅，感受大自然的神奇。它造就的山如此巍峨；它造就的景净化心灵，让我们变得越来越纯洁。

我孑然一身保持着警惕，一个人在古城里游荡，没人知道我的行踪，我就是那样任性地享受着我想要体验的生活。白天穿越大街小巷，晚上宿在网吧！

我坐在曲江公园的河边，看着游客们划着小船自由的样子，感受到那种自在，很快乐。我站在寒窑门前，想起了王宝钏的辛酸不易，好奇多大的信念让一个女人苦守了十八年。我看着这寒窑落下了泪。

大雁塔佛堂里的诵经声，让我的心瞬间安定。也就是在那一刻，我开始喜欢上佛。师傅们穿着袈裟，手持佛珠，看起来那么庄严平和。我在想，自在心到底有多难得。玄奘的佛身被塑在北广场的中央。我站在他的面前凝视，阳光射下，能看到他佛身上的光芒。他的身姿一直定格在前行的那种状态下，鼓舞着我，给我力量。回到故乡，我看过关于他所有的故事，崇拜至极！

夜晚，我站在南广场，欣赏着音乐喷泉的宏伟、震撼。感受着人类的智慧，灯光迷离，迷失在大长安的繁花似锦之中。已经忘却了自己夜晚无处可去。

深夜，我蜷曲在民俗大观园的长椅上，想起这场旅行，觉得快乐。在这里，我看到他们陕西人常说的陕西八大怪的雕塑，惟妙惟肖，感受着古都风情。

第五日的时候。我已经身无分文，我打电话给哥哥，听到他的焦急责骂，我才知道一场说走就走的旅行是那么不易。那日清晨，我拿着哥哥打来的车费，再次回到了故乡宁县。看到母亲父亲的样子，我知道自己任性到底是不对的。

再次回忆起来，对于古城最美的记忆，就是那一次天为被地为床，风餐露宿的短旅。

山水

  我本是山里的孩子，从小到大都见惯了山，对于山的感觉总觉得是禁锢，是束缚。

  在城市待久了，慢慢忘记了山的模样，甚至忘记我曾是大山的子女。沉沦在城市的灯红酒绿，每日看到的都是车水马龙。人群匆匆忙忙，每个人脸上都写着淡漠。就是这样的生活，我依然沉迷。即使每天都要想着如何应付身边的人，做着并不喜欢的工作，依然不愿意回到大山，我向往太久外面的世界。

  奔波太久，在今年终于停了下来，有了大把的时间可以挥霍，我突然想起关于我心里的诗和远方，开始迷恋脚下的路。总是想跑出明亮宽敞的房子，拥抱大自然。

青山绿水,很美。没有孩子和丈夫在身边打闹,一个人静静地穿越山水之间,听那水声、鸟叫声。一个人的世界很安宁,看着眼前的景色,依然会想起家乡的大山,想起山那边的家人,不知他们是否又想我了。

山间的野花盛开,我能听见它们歌唱的声音。我与它们的对话,看起来搞笑而幼稚,却也趣味无穷。我听见花儿告诉我,它喜欢这里,喜欢这里的宁静和安稳。水从高处倾泻而下,我忽然想起那句:"飞流直下三千尺,疑是银河落九天。"感叹古人的文采,智慧无穷。水自有它的美感,山很寂静。穿着短袖的我,感受到山风微凉。那股清凉穿过我的心脏,让我的心得到净化、清爽、自由。

我喜欢这种感觉,更喜欢这种独处的时光。

手拂过绿水,有些冰凉,跟家乡马莲河边的水一点也不一样。这里的水清透,像极了一个傲娇女。而家乡的水浑浊,河边有很多大妈在河边洗衣聊天,但它淳朴、善良,用自己的生命孕育着一群人。我开始明白有人把河流比作母亲是何种缘由。

我跟着河流前行,一个人,用相机记录下关于它们的美。阳光洒在身上,我能感受到它的温度。那温热带走了内心的清凉,也带走了内心的不快。心跟着这山、这水、这阳光,一点一点变平静。我静坐在瀑布顶端那块山石上，灵魂穿越过整个大山，升上了天空。身体忽然变得透明、轻盈，我好似不再是我。

跟路人搭讪，为我与风景拍下一张照片。我喜欢照片里的自己，总是露着淡淡的微笑。我记得我很久以前的照片，每张都神情忧伤，看不到笑容。我已经渐渐遗忘关于我过去的生活。

越来越多的人说，我看起来一点不像三十岁的女人，像极了那些看透红尘、无欲无求的五六十岁的老人。我想我喜欢这样的生活，在红尘里修行，始终要保持一颗淡然的心。

苏州

当我开始出发,重新走在路上,心立刻活了。写完小说之后,整个人变得很低沉,身体也跟着出现各种问题。头疼、胃痛,多年未曾出现的病痛重新出现。医生告知我身体并无大碍,可那些疼痛却那样切切实实地存在着。

从决定去旅行,下苏杭,不过三十分钟的时间。离开家,奔向车站,踏上火车再次来到这座小桥流水、青瓦白墙的城市,来到这座到处都充满故事的城市。

我在苏州的街头,踏过青石板,穿过小巷,经过斑驳的白墙。白墙上爬满了爬山虎,有种残破的美感,惹得我驻足停留。我在想,很多年前,这个巷子曾经发生过什么样的故事。

穿过小巷来到街道,路两边梧桐树的叶子黄了,在月光下，一片一片飘落下来，落在我的肩头。这就是秋日时光的温柔，也是苏州江南水乡独有的温柔。

阳光正好，秋风徐徐，蓝天白云，白墙青瓦，小桥流水，我出门就看到了这样一幅如诗的画。踏进古镇，那雕刻的木窗已经有了历史的痕迹——油漆炸裂，充满了沧桑感；尘埃见缝插针，覆盖了裂痕。我仿佛跟着木窗穿越到了多年之前，看到了住在这里的公子小姐，听见他们在一起窃窃私语。

穿过一个又一个小巷，遇见了坐在门口晒太阳喝茶的老爷爷。他拿着一本有些年头已经泛黄的歌词在唱歌，他冲着我笑。我放慢了脚步，停下来和爷爷攀谈，听他给我唱歌，讲苏州古镇的历史。

古镇不仅仅是古镇了，这里已经被现代的文化侵入，具有了现代特色，不过它依然掩盖不了江南水乡的温柔。走在小巷里，我似乎也变成了江南女子，温婉娇柔。

走进苏州园林，曲径通幽，亭台楼阁，移步换景，古色古香，美不胜收。山与水、楼与竹、桥与荷相得益彰，如同走进仙境，眼睛完全用不过来。人坐在楼阁里，向远处眺望，将园中美景尽收眼底。不禁思量，这样的园子里，曾经住的是何人？他们又是如何生活的？因为时代的变迁，他们后来又有什么样的命运？若是写一个故事，就发生在这个园林里，会是什么故事？

脑子开始神游不听使唤，手机不停歇也无法完全记录下此情此景，索性只看不拍了，把心放进这美景之中。

在楼阁里遇见了一位老人，专门为人画像。看见老人年纪大了还在讨生活，特意邀请老人作画一幅。原本只想帮帮老人，谁知竟然遇见了一位高人、一个画家，在百度看到老人的油画，肃然起敬。

老人一生都在画画，如今年纪大了，来园林写生，顺便做公益给大家画画像。一个人把所爱之事做一生，当真令人敬佩。画毕，果然栩栩如生，形神俱像，众人对其赞不绝口。与老先生告别，继续游园。这一段小邂逅，增加了游园的趣味性。

园里的荷花开得正盛，荷花旁边是小桥，走过小桥是小径，穿过小径是长廊，长廊后面是圆形拱门，进入拱门又是别有一番天地。竹林在风中摇曳，小桥流水与亭台楼阁融为一体，这就是中国特色的园林美学，每一角都让你惊叹不已。

那树不再是树，山不再是山，桥不再是桥，是意境，一种中国园林特有的意境，这种意境不可言传，只有你站在此地才能真正感受到其魅力无穷。

在园中游了足有三个小时，仍感意犹未尽。园中很多俊男靓女，身着古风衣，飘逸俊美，温婉可人，为园林又增添了一道独特的风景线。有姑娘像大家闺秀，亦有姑娘像江湖侠士，过去与现在交织在一起，十分神奇。

脑海中放电影似的出现了很多故事，好像曾经发生在我的身边似的。我的灵感、我的故事，我小说里的那些可爱的人儿，他们突然一下全来了，涌向我先前空空如也的脑袋。

西藏

我心中有一个梦，这一生一定要去一趟西藏。那一年，我躲在被窝里看安妮宝贝的《莲花》，想象着有一天，我可以寻着我最爱的作家去一趟雪域高原，因为那里有我心向往之的圣地——布达拉宫。

我想去看那澄澈到极致的天空，去看那藏在云雾中的神山，去探索那神秘古老的文明，感受那虔诚的朝拜之旅，踏过那活佛曾走过的天路，去听那天籁之音，来净化我的心灵。从十六岁起，这个梦想就藏在我的心中。十六年之后的这一天，我带着我的爱人启程，前往我心中的圣地。

出发的那天早晨，长安下着小雨。我背起行囊，放下所有的红尘俗事，踏上了追梦之路。雨一直下，我们搭乘高铁向我魂牵梦萦的地方出发。曾经，我的小说人物多次替我来到这片圣地，而这一次我亲自来了。它不再是梦，从此它便会长在我的心里。我将亲手揭开它神秘的面纱。

到达青海后，我们换乘了绿皮火车。它不像高铁那样极速而过。绿皮火车的慢让我的心也跟着静了下来。我趴在窗户上看着外面的高山草原：巍峨的高山寸草不生，像一座座守护天神屹立在天地之间；广袤的草原一望无际，有大片的湖泊横在草原之中；那蓝色天空映在湖面上，发出微弱蓝色的光。我的心跟着宽了起来，又跟着静了下来。

心静下来了，世界也变得安静了。我曾经想来西藏，是因为有人写出了西藏的神秘。而今我踏上西藏之旅，我发现，它是久居尘世之中俗人的灵魂栖息之地。

我躺在火车的小床上，重读《莲花》。酥油茶、莲花圣地、徒步旅行者、还有那长居在拉萨的女子墨脱——我心中的执念。我要来了。在我们的这节车厢里，还有两对夫妻：一对新婚夫妻，你侬我侬；一对中年夫妻，相濡以沫。他们各自细声交谈，看起来美好而感人。

不知道多年之后，他们还会记得那个在火车上独自看书的女子吗？因为一支笔，我们彼此熟稔起来，我们开始讨论喜爱的作家、哲学，以及关于阅读的价值，评论某个作家。

我借给他们我随身携带的书，听他们给我们讲他们的爱情故事：相识二十五年，孩子已经大了，决定去西藏圆儿时的梦。他们拖着一个巨大的旅行箱，有半人高，带着各种好吃的，看起来准备充分。

我和迪先生看起来有些匆忙，几乎什么都不曾准备，就这样出发了。

另一对年轻的夫妻，新婚三个月，在一次旅途中相遇，而后恋爱，两年以后毕业结婚。这一次去西藏完成自己的蜜月之旅。他们做了大量的攻略。路上男孩一直在给女孩拍照，他们用手机记录下每一刻。在他们眼中，我看到了浓浓的爱意。

而我和迪先生与他们完全不同，他就坐在我的对面，静静地听着我与别人交谈，待我躺在床上阅读时，偷偷给我拍照，去车厢里打来热水，不断提醒我喝水。看着坐在对面的爱人，我问他："你为何想来西藏？"他说："我想去看看你心中的圣地——布达拉宫。"

我突然想起，我们第一次相遇是在一家藏式餐厅。餐厅门口有一排玛尼轮。他在前面转，我在后面转。他回过头对我笑，我在他的笑容里迷失了自己。我们就那样定了终身，约定相守一生。

我们的爱情在佛音袅袅中开始。很多年来我一直喜欢佛经，时常打坐，喜欢佛学。我不懂有没有今生来世，我只记得遇见他那天，我一眼就认出他是我要嫁的人。

因为他，我对于西藏的执念更深了一层，那神圣的布达拉宫，成了我心中最美的梦。我们跟着绿皮火车，走了三十多个小时，终于来到了拉萨——这座浪漫而神秘的城市，这座承载着所有文青梦想的城市。

天已经黑了，我和迪先生携手同行，一起漫步在拉萨街头。

天空中飘起了细雨，如同我们从长安离开时一般，蒙蒙细雨打在我们的心头。而此时，我们已经站在雪域高原，过了这一夜，我们终于要见到我们心中神圣的布达拉宫。

出国

离开家，前往一个陌生的地方。心和身体都在路上，整个人很自由。

第一站是曼谷，从西安出发，乘五个小时的飞机，越过山河，穿过云霄，在高空飞行。

小时候，头顶飞过飞机，总是和小朋友一起追着轰隆隆的声音奔跑。看着蔚蓝的天空留下一道白印，指着它给别人炫耀刚才看到过飞机。喜欢折飞机，看着它自上而下地坠落。我不懂那时候为什么喜欢飞机，但现在我懂了，我喜欢的从来都不是飞机，而是自由。

刚好有一个靠窗的位置，看着飞机从地面起飞，逐渐进入云层；看见云朵在阳光里发着七彩的光；看着我们的城市逐渐变小，直到消失。眼前出现了连绵不断的山脉，雄伟壮丽。山顶上有白色的积雪，常年不化。这一刻，我才看清楚我们这个世界的样子，人类的渺小，大自然的伟大。

飞机上，泰国空姐很美，她们待人温和，会讲简单的汉语和英语。面带微笑，身着红色的制服，有些别样的风情，对每一个人都很有耐心。

飞机渐渐平稳，在云层里穿行，抬头看见月亮挂在天空，很新奇。拍照，留下这最美的瞬间。近来几年，喜欢上摄影，总是拍一些人文、景物，或是看见的某些感动。飞行时间太长，大家都有些烦躁。我戴上耳机看书。有些胃痛，这个毛病已经有很多年了。服下常用的胃疼药。无论是否有用，每次服药之后心总会安稳些。

到达曼谷的时候已经晚上七点多了。城市有了光亮，刚下飞机，就遇到一股热浪，空气潮湿且闷热，看来这并不是很适合出行的季节。这些我完全不知。所有的出行，都是临时决定。导游说旅行也是一场修行，要有包容心，才能玩得开心。对于这样的境况，我也可以完全接受。我拍了很多城市的照片，发到了朋友圈，想起该写点文字来记录这一路的心情。

我开始理解旅游和旅行的区别：旅游在于游和拍照，旅行在于行和思考。

我走在路上，灵魂也走在路上。看见了不一样的城市，他们生活节奏很慢，每个人都活得很自洽。

听导游讲这个国家的文化——佛教。到处可见大小寺庙，僧人备受尊重。每个人都相信因果轮回，很虔诚，一生所有的努力都是在供养佛法僧。我总觉得有信仰是好的，能够让人内心自由。可以寻找精神寄托，开释自己。

我们跟着团队来到了大皇宫，来瞻仰他们的国宝玉佛。那个带着传奇故事的玉佛，是世间少有的珍宝，通体透亮，身着金衣。游人、僧人都在顶礼膜拜。我跟着人群跪在角落做礼拜，心中无念。旁边的师傅虔诚而让人感动，看起来风尘仆仆，应该不是本地的僧人，有着与其他僧人完全不一样的相貌、僧衣，面容祥和。再仔细想完全记不起他的样貌。菩萨千人千面，或许他就是我身边的某个人。

跟团的人基本是来自老家的老乡，其中只有我一个年轻姑娘。老乡们对我很友好，每个人都在照顾我，我也竭尽所能帮助着他们。这种陌生人之间的信任很神奇，也很舒服。没有感情寄托，一切全凭自己的心，没有失望，没有期望，只有欢喜和心安。

每个人都按照自己的方式生活着。不分贵贱，无论哪一种生活都是最适合自己的方式，也被需要着。没有拍太多照片，大多数时间都在看,都在听导游讲这里的文化、历史,感觉很有趣。

　　这一天,一半在路上,一半在景区。路上的风景比景区更美,只是这路上的风景往往被很多人忽略。

异国

在泰国第三天,团队里很多阿姨水土不服,住进了医院。我的症状轻微,整个人身体很轻,像是没有了重量,飘到了很远的地方。想念很多人,尤其想念孩子,晚上打电话给他,看到他才觉得心安。

跟着旅游团出行,有很多束缚,但是亦可接触更多的人,看景也可以看人。

这个世界一世一双人的爱情,来自泰国九世国王的爱情。整个国家信仰小乘佛教,有属于他们国家特有的文化属性和社会规则。住在车上的司机,不能踏进客人吃饭的餐厅,所有衣食住行都在车上。每次见他都是木然端坐着,皮肤黝黑,眼睛像金刚,有些凸起。应该年纪不小了,脸上有厚厚的褶子。嘴唇很厚，他叼着一根烟，看着外面。

我对着他笑的时候，他也会对我笑，而且笑得憨憨的，很可爱。开车很稳当，慢悠悠的。这座城市里的人生活很慢，无论是遇到堵车，或者是红灯，都是安静地等着。

摩托车是最普及的代步工具，速度很快。每个人戴着头盔，在公路上飞驰，速度超过小车、大巴。随处可见带厢的货车，车厢里坐着很多本地人，相互交流着，应该是去某地做工。隔着窗户与他们打招呼。他们示意我比耶，对着我拍照。开心的样子，看起来很美。最简单的温暖，就这样产生了。

去芭堤雅的路上大概有两个小时，车子沿着公路缓慢前行。我坐在靠窗的位置，看着这座陌生的城市——挂在电线杆上的广告牌，路边随处可见的垃圾、椰子树，亦有高档的餐厅。

城市与我们城市有很大的区别，少有高楼大厦，大多是低矮的铁皮房，拥挤、破旧。随处可见华人，有很多广告牌上有汉语。很多本地人都懂简单的汉语和英语，与他们交流并不困难。

去芭堤雅的路上，途经清迈小镇，跟着大家一起坐大象。周围有很多正方形的铁皮房子，驯象师与大象同吃同住，家人和孩子亦在一起生活。有小孩在象群里跑来跑去，保持着孩子的童真。

我们都活着，但是每一个人活着的方式不一样。我看着他们在想，不知他们是否幸福。黝黑的皮肤，说着当地的语言，机械式地做着自己的工作，伸手与客人讨要小费，会说简单的中文、英文。要怎么样活着，我问自己，没有答案，或者答案一直在变，才让我觉得茫然。

一起旅行的同行者，每个人都有自己的特点，个性鲜明。他们出手大方，会买各种各样的奢侈品；亦有异常理性的姐姐、阿姨，始终冷眼相看。

旅途中出现了很多插曲，还有很多不可知的意外：弄丢的皮箱，突然身体不适住进医院，因为购物与导游争吵，丢失签证的姑娘……行程被拖得很慢。有人私下抱怨，有人包容，有人始终保持旁观者的姿态，有人焦虑。所有人对意外都手足无措，只能寄希望于领队来解决问题。

领队是个年轻的姑娘，比我还小几岁，孩子才不到一岁，就出来工作，整日往返异国他乡。工作悠闲，但是充满不确定性。我一直看着她，亦帮着她照顾团里的老人。

我忘记看到了什么景，但是对生活在渔船上的人群，记忆深刻。他们在船上生活，靠着船活着，努力活着。似乎人间疾苦，无论在哪里都会存在。我在船上看见他们在交谈，虽听不懂意思，但是能感受到他们语言明快。或许对于他们来说，有人来、有钱赚就是幸福。

跟团旅行有太多的束缚，无法真的自由。对于出国，曾有执念，想着这一生，能走出大山融入城市，走出国门看看外面的世界。我终于做到了，也算无憾。一个人在国内去过很多城市，总是自由行，很随性、任性。走走停停，有时一整天都待在旅馆。这一次跟团，强度很大，一整天都在赶路。车上很多阿姨、叔叔年龄已经很大，习惯一上车就睡觉。我看着窗外，跟着车走过这个城市，并无太多的欣喜，想念孩子，想要归去。

在泰国待了整整五天，在杜拉拉水上小镇游船，在芭堤雅邮轮上看人妖，在爱琴岛玩飞艇，看大象表演，看人妖歌舞，去大皇宫瞻仰玉佛。在异国他乡，心始终是漂浮的，无法落地，挂念着孩子，挂念着家。

看起来异常美好的旅途，总会因为挂念孩子心里有些许的不踏实。旅行团的其他人，都是结伴而行，只有我一个人独身。她们听见我一个人独行，都大为惊讶。"你一个小姑娘，敢一个人出国玩。"我笑笑，不知怎么回。

我向来如此肆意，好像在我的世界，没有什么让我害怕的东西。我妈总说我这个性子，将来要吃亏的。现在看来，这样肆意，确实非常危险，会常常把自己置于险地。我想起了儿子，想起以后的日子，看来我需要安稳一些地活着或许更好，毕竟我不再只是自己，还是妈妈。

泰国之行，圆满地画上了句号。有人因为身体不适，提前离开。而我很争气的，只是肚子不适，很快便恢复了。若是真的一个人在异国生病了，当真不知道要怎么办了。

泰国行程结束之后，我们又跟着大部队，前往另一个国家。走在路上，我突然想起，小时候，我曾经跟小伙伴们说："长大了，我想出国看看。"他们冲着我笑，笑得很大声。我记得有个声音对我说："你咋不说你要上天呢。"现在看来，天也上得，国也出得。你看人呢，终究还是需要有点梦想，或许有一天它就实现了。

他乡

跟着飞机离开泰国,去往新加坡。那是我第一次看见海,无边无际,水天一色,有商船过往,云层飘浮在海上,壮观唯美。飞机到达新加坡的时候出现了状况,强烈的颠簸,引得人群叫声连连。看着下面一望无际的海域,脑海中闪过一个念头——会不会就这样离开这个世界,永远消失,没有归途。很幸运,一切平安,到达目的地。这就是旅途,有太多的不确定因素。刚到新加坡,就收到来自泰国的海啸预警。

这一路并不容易,但是我第一次感受到旅行的辛苦,心在飘浮,强烈地想念那些我爱的人——孩子、父母,还有他。去往新加坡的路上,突然暴雨。我趴在窗户上看被雨水冲刷的世界。雨像是下进了心里,心也变得潮湿。

我看见了不一样的世界，看到了带有欧洲风格的建筑物。道路很宽，两边站立着上百年的老树，让这个国家看起来古老唯美，让人心情舒畅。我更喜欢这样的国家。听导游讲这个国家法纪严明，资源匮乏，却是"亚洲四小龙"之一。在公共场所抽烟和涂鸦都会被罚款，甚至判刑。整个国家让人感觉干净、舒适，甚至没有乞丐。有很多华人在这边居住、做生意，有很多人会说华语。

刚下过雨的新加坡，潮湿闷热。抬头看天，蓝天白云。突然暴雨，突然转晴，像极了女人那张说变就变的脸。这两天，水土不服，整个人很虚弱，还未走几步，就浑身虚汗。阿姨、姐姐们个个兴高采烈，忙着拍照。我一个人走在后面晃悠，看这蓝天、这白云、这水、这国。不一样的风情，独特的建筑物。每幢楼房都有独特的形状，相互依存。很多摄影爱好者驾着专业的相机在取景。

各种肤色、说不同语言的人混杂在一起。夫妻相伴，朋友三三两两，亦有如我一般独行的人。孤独吗？好像并不，喜欢这种与任何人都不亲近的生活状态。有时，我觉得我是个异常分裂的人，看起来外向、活泼，却喜欢独处，甚至不愿付出感情。跟我相处久的人，都说我是异常无情的人。于我来说，这样很好。与人交付，容易产生太多欲望和期望。

手机记录的大多是风景与建筑，少有自己的照片。摄影亦是一件美好的事情，把最美的瞬间留下。我曾想象着自己会一个人流浪在世界里各个角落，但后来爱上了一个男孩，陪他很久。有人问我："你爱他吗？"我并不清楚，只是没有他的生活，我总是觉得心空荡荡，或许这就是爱。

蓝色帆布双肩包，一个皮箱。皮箱里除了日用品，几乎是空的。习惯带本书、笔记本，还有那串跟随我三四年的佛珠。我会带一套麻布衣或是在当地买廉价的长裙，对于服装并无太多的要求。有时候强烈感觉自己并不是个女人。会想很多事情，我总感觉人只有思考的时候，才会真正成长。

我们一起的团友，来自各个阶层，像极了这个社会。和谐相处，又互相抵触，各自为营，只有我独身一人。所有人对我都很友善，时常帮助我，照顾我，帮我拍照。虽然并没拍出几张满意的照片，但是这种行为让我感动。

年轻的时候，总是因为自己来自农村而自卑，个性张扬。如今终于可以自如地讲出自己来自哪里，不会有任何情绪。脱离自卑情绪的过程很神奇，好像并不是因为某些事情，就那样随着年龄的增长，对于外人的看法越来越不在意，反而活得肆意，也觉得轻松。

人真正的成长应该是内心的某些变化，思想转变。这种转变只能靠自己，任何人、任何言语都无法改变。

　　这次收获很多，很多东西无法用言语来表达，但是内心对于某些事情多了一些笃定。比如，哪些东西是我不能舍弃的，哪些人对我来说如生命一样重要。这次旅行对我来说，是一次蜕变，心境一再变化。一边看景，一边看书，一边看人，一边思考。路上的风景并无路上的经历精彩，路上的经历也无一再变化的心境精彩。

　　很多人羡慕我的自由，期望可以过上我这样的生活。而只有我知道，我和他们每个人都一样，在俗世里挣扎，只是多了一份肆意。

　　人活着，身上背负着很多责任，不只是为了自己，还要为更多的人负责。这一次的行程是突然产生的念想：儿子越来越大，父母年龄也越来越大，不知之后是否还有这样让我肆意的机会，所以给自己安排了这样一个行程。出行将近半月，去往异国他乡。完成心愿，活给自己，总是要承担某些压力，这是必然。世间事向来如此，有舍有得。

　　明天所有的行程结束，要再次回到生活里。旅途中还有很多故事并未写完，遇见了很多让人感动的事情，经历了很多惊险的瞬间，很幸运结局是完美的。

　　你要问我，这一次旅途最大的收获是什么？我想说，是一次无悔的决定。我这样一个大山里的女子，走出了大山，走出国门，这就是完满的。

你看，我就是一个俗人，这一生有两个心愿——一个是以写作为生；一个是出一次国，无论远近。这对我来说是心愿，也是执念。

此后，我所有的愿望就是平安顺遂，守护我要守护的人，做一个平凡的女子，生活在乡野之间就好。

再见

离别、重逢、想念、再见，或者再也不见，这好像就是人生，无论你喜欢或者厌恶，每个人都无法逃脱。

车子开始启动，再次离开家乡，离开父母，还有年迈的奶奶。不敢回头，他们眼睛里的不舍，牵扯着我的心。这样的情形自我出嫁之后，每年都会有那么几次。每次离开，我都想表现出高高兴兴的，可是越高兴就越悲伤。

有时候，我甚至害怕回家。因为长久的不相见，那种想念是淡淡的、不浓烈，也不带悲伤。可是回家之后，再次离开，就会有诸多情绪。这些情绪会让我自责、难过，长久地沉浸在悲伤里。

我在想什么是孝？什么样的爱是合适的，能够让自己心安，让父母幸福。年轻的时候，总想着赚钱，等有钱了，或许父母就不用如此辛苦了。

可是如今渐渐明白，陪伴比物质更重要。可是陪伴却成了空，长大之后，总有很多身不由己。小家组建之后，需要付出更多的精力在自己的小家之中。很多事情身不由己，为此常常难过，可是依然无法找到解决之法。

一日，哥哥打电话过来跟我讲，父亲身体欠佳，让我回家探望。放下手里的所有事情，收拾好行囊，带着儿子匆忙启程。一路上一直在想：父母、孩子、丈夫、工作、梦想，到底如何周全才能够完美。

那天，天空中飘着雨，车子在大雨中前行。外面的景色是模糊的，我的眼睛也是模糊的，孩子兴高采烈地说着一些琐事。孩子渐渐长大，会不会有一日也和我一般，离开家，飞向远方；会不会也和我一般，在为自己的生活和照顾父母不能兼得而难过。

到家的时候，已是傍晚。父亲就站在雨中，他再也没有年轻时的风采，脸上写尽风霜。我的眼睛更加模糊，好像看不清父亲的表情。雨水顺着脸颊滑落，拂过嘴唇，有些咸。

"爸，我回来了。"他没有说话，脸上有笑容，温柔得能融化我的心。

小时候，总渴望离开他们的管束，总觉得长大太慢，而今真的离开他们，却并没有得到自由，反而心上压上了千斤担子。

在家的这些天，我几乎什么事情都没有干，就是静静地陪着他们：陪着妈妈做饭、说话、带孩子；陪着奶奶听她讲过去的那些事情，尽管她讲的故事我已听过无数遍。桌子上爷爷的照片，浅笑着，好像能听懂老太太所讲的一切。爷爷已经离开五年，奶奶独自居住，不愿离开，任凭谁劝都无用。她说，只要她在这里，爷爷就能找到家。

爷爷的照片旁边放着我们兄弟姐妹的照片。照片上的我们都是小时候的样子，稚嫩，拥有灿烂的笑容。我想老人是孤独的，握着她的手的时候，总害怕那是最后一次。看见奶奶，我总感觉看到了生死轮回。每次回家看到奶奶，心里总是百般不是滋味，陪她说话到很晚。

我总想，谁能陪谁一生？孩子、丈夫，好像都不行，唯独只有自己可以陪伴自己永生。记得曾经有人说过：人生而孤独。这原来是真理。

父亲的身体并无大碍，只是没来由地烦躁，感觉浑身无力。医生说或许是更年期的缘故，我想或许是因为孤独。哥哥常年在远方；妈妈带着孙子、孙女，住在小镇上。家里只有他一个人，冷冷清清，到处都是寂静的。我能想象到他每日的生活，安静得像是末日。

说好了带他去旅游，因为工作的缘故，一次又一次推后，总是有各种各样的事情，让我计划搁浅。我在家的这些天他倒是乐呵呵的，并没有其他太多的情绪，看起来一切都好。

可是这样的岁月静好，更让我难过。我放下手里所有的事情，包括看书、写字，甚至工作里所有的琐事，一整天都把手机放在一边，静静地陪在他身边。

那一日他喝醉回家，我躺在他身边，听见他小声嘀咕："你也不要牵挂我，我也不管你，只要你过得好就好。我不用你操心，也不要你的钱，只要你好就好。你回来，我高兴；你不回来，我也知道操心自己。你不用牵挂我。"

他眼神里的悲伤让我的心都碎了。我说不出一句话，只能开玩笑跟他打岔，再回过头，发现他已经睡着，还是我记忆里的样子，只是脸上的皱纹再也抚不平了，他老了。我也已经快要中年，三十岁了，再也不是那个在他怀里撒娇的小女孩了。

这样偷来的时光总归是不长久的，我还是要离开。一周的时光，很快就结束了。我再次背起行囊离开，悄声地，甚至没有和奶奶打招呼。

我不敢回头看妈妈的身影，我知道她还站在门口，看着我。或许她此刻在悄悄地抹泪。在路上，孩子从口袋里掏出几百块钱，说是外婆塞给他的。我给她的，她总是不用，总是寻着机会再次偷偷给我塞回来。

每次离家，心都感觉空了好多，好像把什么丢在家里。

谁能拯救谁，谁能代替谁生活，好像都不可以。所有的苦还是需要自己去承担，没有谁可以代替。村子里好多空巢老人，他们用自己的方式对抗着孤独，努力地活着。

有时候，我想写写这群空巢老人，可有时候，提起笔，又觉得无可奈何。好像我什么也改变不了，就连自己的生活也搞不定，却在悲天悯人，显得很可笑。

昨日回家，跟丈夫回了老家，吃了一顿晚饭，因为孩子要上课，就匆匆赶了回来。离开的时候，看见婆婆公公站在门口，看着我们的样子，像极了我的父母。心里难过，假装不在乎，跟老公说，以后每周回家来住两天。他没有说话，但我知道他也感觉父母都老了。

偏爱

夕阳西下,我和父亲的影子,被拉得老长。他蹲在马路上抽烟,我站在他的身边与他拉家常。身后是老家的房子,土墙换成了砖墙,栅栏门换成了牌楼门,还盖了一间车库。房子背后的杨树还是一排排静悄悄地站着。

看着父亲,我总能想起童年的我在村子里飞奔。那时候,村子很热闹,到处都是人。如今的村子出奇地安静。我们在路边待了许久,只看到了一位上了年纪的爷爷。他已经很老了,走路时摇摇晃晃。我跟他打招呼。他跟我说,他腿疼了许久,无法医治,不知道哪天才能死。短短几分钟,他说了好几次死。我想说什么来着,但是又觉得毫无意义,只能笑着看着他。他一生未婚,无儿无女,独自住在一间老房子里。前些年,国家出资帮着重建了房子,和另一个与他同样境遇的老人住在一间屋檐下。

我记得小时候,他们家就是村子里男人女人的集结地。他家门口,有一片空地,在农村叫作场,而且位于村子的中心,三条路的交界处。晌午吃过饭,男人们就去他们家里打牌、下棋,女人们坐在一起拉家常、聊八卦、做针线活,老人们靠着他们家的院墙晒太阳。

那时候村子里还可以看见的青年男女,如今全成了老人。我爸爸甚至都是村子里最年轻的人了。渐渐地,大家似乎不愿意出门了。一眼望去,整个村子空空荡荡的。以前村子里狗叫声、鸡鸣声总是此起彼伏。如今连狗叫声、鸡鸣声,都在消失。很多房子已经荒废了,好几年无人住了,杂草丛生。

爸爸已经不再是我记忆里那个玉树临风的样子了,年轻的时候,他特别喜欢打扮自己,头上打摩丝,西服配风衣,皮鞋锃亮。一米八的高个子,走起路来带风。那时候,我一直觉得,我的爸爸是世界上最帅的男人。现在他看起来越来越像个农村老头了,不喜收拾自己,抽着老汉烟,头发花白,也不在意,过得很随意。他常说,自己还很年轻,什么都能干。我很佩服他积极向上的心态,他没读几天书,却有大智慧。若是没有爸爸,或许,我并不能活得如此肆意。

在重男轻女的时代，我们家族的男人，都破天荒地最疼女儿，把女儿视为掌中宝宠着，给女儿所有的自由。也正因为如此，我才能够一直做自己，大胆地选择自己的人生路。

去年的时候，我因为公司的事情，很焦虑，打电话给父亲。他跟我说："钱挣多挣少无所谓，重要的是开心。况且你现在已经够好了，你的生活已经很好了，不需要给自己那么多压力。"

我跟他讲的任何问题，他都觉得是小事，不过一两句，就让我豁然开朗。

小时候，我喜欢打扮成男孩子的样子。亲戚朋友总是七嘴八舌地批评我。我的爸爸妈妈时常看着我温柔地笑，似乎觉得我的特立独行并没有什么。

父母永远是孩子的底气。而我的爸爸是世界上最好的爸爸，我的妈妈亦是世界上最好的妈妈。他们纵容我、包容我、爱我，尽自己最大的努力给我最好的。从小和我打架的哥哥，每次和我打架他总是输。老爸总是收拾他，保护我。长大之后，我渐渐明白，哥哥也用自己的方式纵容着我。只要我遇到困难，哥哥就在我身后帮助我，没有一句怨言。他们的爱，就是我肆意妄为的底气。小时候感触并不太深，尤其这两年，越发觉得自己很幸运。

这次回家，哥哥和嫂子提前帮我买了一只土鸡；爸爸杀了猪，特意给我留了一条腿；妈妈忙不停地给我做好吃的。全家人乐呵呵地在一起。我坐在炕上，看着这一大家子，满满的幸福感。

最有趣的是爸爸，他学会了做家务，还做得有模有样。年轻的时候，家里所有活都是妈妈做，爸爸就是西北大男子主义的代表。几个月前，妈妈病了，爸爸慌了。我一直不明白，像父辈这样的婚姻有爱情吗？现在我懂了，对于他们来说，婚姻无关其他，而是相守、相伴。

那晚爸爸酒醉，他跟我们说："你妈妈这一辈子辛苦了，你们要对她好。年轻的时候，我在外打工，家里都是你妈妈一个人撑着。"我发现知道感恩的男人，永远浑身散发着魅力。我爸爸到了耳顺之年，学会了表达爱，让我看得既感动又好笑。

那是我第一次听他说这样的话。年轻的时候，他们喜欢吵架，两个人谁也不让谁；老了之后，他们开始包容对方，理解对方。记得有人说过，这个世界上，最后陪伴你的人，是你的伴侣，所以对他好一点。看来这很有道理。我和哥哥常年不在家，家里只有他们老两口。

从前，我总觉得他们之间没有爱情，现在看来我或许从来都不懂他们，对于他们来讲，爱就是彼此陪伴，与我们所理解的爱情完全不一样。在生命的这场旅程里，看来不仅仅是父母陪我们长大，我们也陪着父母一起长大。

十八岁离家，之后很少有与他们朝夕相伴的机会，这次待在他们身边，才发现，他们也早已不是我记忆中的样子，变得包容、柔和、耐心。他们从来不完美，可是他们却一直在努力变成更好的样子。

而这一年，我和我的父亲，一起站在故乡的夕阳里，一起长大。

和解

很多年,我都是活在自己的世界里,总觉得所有人都对自己有意见,对人对事都抱有敌意。与父母之外的人保持距离,包括爷爷奶奶。

奶奶一生有七个孩子,三个儿子,四个女儿。从小家里兄弟姐妹众多,而我刚好是老二家的。

人都说:"老二在家中的地位最是尴尬,不如老大来得稀罕,又不如老小娇气,几乎是可以被忽略的一个人。"很多人在我耳边说:"你看爷爷奶奶最疼爱的还是哥哥、姐姐、弟弟、妹妹,不是你。"

每次有人说,我都在意得要命,只能假装不在意地说:"我有爸爸妈妈的爱,他们的爱我才不稀罕。"那群人像是找到了乐子一样,哈哈大笑。他们的笑化成刺,刺在我心间,让我疼痛难忍。听多了这样的言论,偏见就产生了,与他们逐渐远离,甚至很少交流,连同说话的时间都越来越少,关系就愈加疏远。

长大之后,离开家乡,很少打电话回去。再见爷爷奶奶的时候,他们已经很老了。头发雪白,脸上爬满了皱纹,眼睛深陷,只是看人的眼神温柔了许多。不知怎的心就痛了,就在那一刻,我才知道,所有表现出来的冷漠都是为了掩饰自己的失望而已。

五年前爷爷去世,我回家看着躺在棺材里的老人。他微笑着,像是睡着了,但手指冰凉。我很想告诉他,我很想再抱抱他。可是他再也听不见了。棺材下葬的那一刻,我的心忽然就空了,眼泪奔涌而出。

我记得曾经说过:"他们不爱我,等他们死了,我绝对不会哭。"

可在那一刻,我真的很难过,一想到我永远失去他了,我的心就会没有原因的疼痛,痛到泪流不止,号啕大哭。惊动了坐在旁边房间的奶奶,她从房间里颤巍巍地走出来,走在我的身边,在我耳边说:"孩子,别哭了,起来吧!你爷爷不愿意看到你这么难过。"我转过头看着奶奶,她真的很老了,已经八十多岁了，完全不是我记忆中的样子。我已经很多年没有与她亲近过了，甚至忘记了她的容颜。好像她是一下子变得这么老的。她本来就小的眼睛只剩下一条缝，本来就矮的身体更矮了。脸上的悲伤和看我的宠溺，像是一种错觉。

就在那一瞬间，我决心去爱她，在她剩下的岁月里，用心去爱她，无论她是否爱我，我都想去爱她。

离开那天我特意过去看了她，在她身边坐了许久。她老了、瘦了、矮了，精气神也不如从前了。她对着我笑，从柜子里拿出一个面包给我，说："这是你表叔从北京带回来的，你尝尝。"我看着面包，咬了一口，咸咸的，那是眼泪的味道。

记得小时候，她总是从柜子里拿出好吃的分给弟弟妹妹，从来没有我的。有一次她看到我之后，迅速地把好吃的藏起来，锁上柜子。从那一刻，我开始恨她，并且放弃爱她。同样的柜子，同样的动作，不同的时间，我对这件事开始释怀。

她问我工作的事情、外面的生活，叮嘱我吃饱穿暖、要开开心心，跟我讲过去的故事。在那一刻，我恍惚以为我们一直都是这样相处的，温暖而有爱。后来我跟她讲过这个事情，问她："为什么好吃的永远不会留给我？"她说："你们小时候，能吃的东西少，所以只能给小的。你的哥哥姐姐也是一样没有的。"我才想起那时候奶奶的柜子里不外乎是几颗糖、几个果子而已。

在后来的几年，我每一次回家，都会特意去她家里住上一日，陪她说话，陪她吃饭，陪她睡觉。遇到适合她的小玩意也会记得带回家给她。她对我亦是很好。我记得夜晚她悄悄为我盖被子的样子，好像我还是个孩子。心里的冰雪在坦诚相待的日子渐渐融化，后来真的只剩下爱。

她嘴里关于他们家老二家女子的故事越来越多，总是在外人面前夸赞我的孝顺。我看见她眉开眼笑的样子，知道她是真的幸福，而我亦是。

再次回忆起童年，关于她所有的故事全部显现——妈妈不在，我就去奶奶家吃饭，她会把鸡蛋放进我的碗里；晚上怕黑，她会讲故事给我。在爸爸妈妈不在身边的日子里，她陪伴着我，叫我起床，为我做饭。只是成见，让我看不见她曾经为我做过的一切。

前些天她突然病重，我收拾好东西第二天就回到了家。她已经出院，只是轻微的感冒而已。年龄太大的缘故，精气神真的不如从前，但是眼睛依旧发着光。

她做饭给我吃，菜还是记忆中的味道。以前所有的缺失，在此时全部圆满。她胃口很好，可以吃掉一个馍馍，喝下两碗稀饭。嘲笑我说："你的饭量还不如我的大。"我喜欢这样的感觉，喜欢被她像哄小孩一样哄着吃饭。

以前总以为别人不爱我是因为偏心，如今才真正知道，原来我也未曾爱过他们。爱是对等的，只有付出之后才会得到，只有付出之后才配得到。

那一天我和大姐聊天的时候说："我现在才知道，为什么所有亲戚朋友都喜欢你。因为你也喜欢他们，而我从未想过与他们亲近、相处。"

释怀

4月28日，长安的雨下了很久，下得我感觉自己都发霉了。一直到4月底的时候，天终于放晴了。

天一晴，立马从冬天转换到夏天了，太阳照在身上热滚滚的。我仰起头看着天空，感受着阳光的温暖。一眨眼，回到了家乡，已经记不清多久没有回家了。

老家很热闹，不像我的小家，始终是安静的。

一回到老家，世界就变得热闹起来了。家里人多，又逢节日，加上喜事，更热闹了。我的哥哥、姐姐、妹妹、弟弟都从各地赶了回来，一大家子人聚在一起，吃吃喝喝，说说笑笑。这样的日子我从来没有想过，看着他们，心里觉得暖暖的。

我记得曾经我是那样讨厌这种感觉，讨厌这种热闹，讨厌这样的聚会。

小时候，家里穷，不管和谁在一起，都会觉得拘谨。别人无意间说的一句话，总是能够轻易伤害我。所以我有一个梦想——逃离这里，逃离这一群我至亲至爱的人，逃离这个贫瘠的家乡，逃离我不想面对的一切。

不知道从什么时候，心境变了，我开始爱这里的一切，爱这里的蓝天白云、夕阳余晖，爱这里的人，也开始亲近这群至亲至爱的人。我站在他们中间，看着他们笑、他们闹，在轻轻地拥抱他们的那一刻，忽然很感动。这份迟来的爱，这份三十年之后才看见的爱，让我懂得：这个世界是什么样，完全取决于自己的心。

4月29日，我离开家乡，跟着家人前往武汉，参加妹妹的婚礼。

这是我长这么大，第一次和亲戚朋友一起出行。路很远，开车需要整整十二个小时。自驾前往，车在马路上飞驰，穿过一座山又一座山，穿过城市、乡村。从白天到黑夜，可以听见风的声音、车子飞驰的声音，我看着窗外，又看着身边的迪先生说："好像这一幕曾在哪里见过。"他说："可能是在梦里。"

到了夜晚，整个世界安静了下来。我转过头看见了半空中的月亮。巍峨的大山隐匿在黑暗里，轮廓若隐若现，充满了神秘感。

这是我不工作的第三天，一切都交给了团队，什么也不干。我先是自在，随后是空虚，总觉得好像有一件什么事情没有做。我打开手机，发现他们各自忙碌在自己的岗位上，好像我不在什么也不影响。

我突然发现，又一次完成了一个目标。这些年，一直在做课程，一个人做，常常忙得什么时间都没有。我记得有一天，我跟迪先生说，我要成立一个公司，把所有的事情都交给团队去做，然后我就可以去做我想做的事情，即使我消失一个月，也没有关系。

从2019年开始到现在整整两年的时间，我终于做到了。即使不看手机，不出现，社群里所有的事情依然有人帮我，井井有条。我躺在酒店的大床上，什么也不做，就那样静静地躺着。真好。

5月4日，这是我来武汉的第四天。每天除了吃就是睡，过得无比惬意。

明天就要回家了，重新回到生活之中、工作之中，心情竟是莫名激动。从武汉回来的时候，妹妹和哥哥也一起跟着我去了我家。多少年了，这是他们第一次去我家。

前些年，每次听到有人要来我家，我总是觉得烦躁，完全不想接待任何人。那时候，我还住在出租屋里，银行卡上只有个位数。我不愿任何人看到我的窘迫，更没有能力接待任何人。我一直说，我内心渴望成为有钱人，因为没钱的时候，我真的什么也不是，没有尊严，没有人情，甚至没有生活，更没有未来。

那些年，我无数次被家人批评活得过于自私，我只能假装说，我就喜欢一个人活着，我不需要人情。有些东西真的无法说出口，出口成伤，无法愈合。即使旁人不能理解，也没有关系。钱对我来说，变成了另一种意义。赚钱不仅为了名和利，还为了作为人的那点尊严。

而几年后的今天，我终于可以大方地邀请任何人来我家里做客，不必担心经济问题。所有人都说我变了，变得有了人情味。只有我知道，并不是我愿意做那样一个六亲不认、自私自利的人，而是我没得选，所以我情愿被误会。曾经那不足十平方米的房子，那银行卡里的数字，时刻提醒着我："你什么都不配拥有。"而今我终于可以站在阳光之下了，也终于可以做一个有人情味的人了，慢慢地捡起我的尊严和人格。

母亲

"母亲",当我在电脑上敲下这两个字,心情忽然变得沉重。我好像已经有四个月没有见过她了。前两天打电话给她,她说在地里种玉米。我能想到她的样子——低着头用点种器放下玉米籽,一整片地里只有她一个人的身影。父亲时常在外面干活,家里的农活由母亲一个人包揽。

我与母亲的关系始终是温和的,很少争吵,即使在最叛逆的青春期,面对她,我都是温和的。从小到大,母亲很少给我讲大道理,总是由着我的性子,无论是我的学业还是我的婚姻,甚至是我的事业。她总是说:"你自己应该已有主意,遵从内心就好。"她唯一教给我的是爱。她用生命爱着我和哥哥。

她很少拥抱我,总是忙忙碌碌的,似乎有干不完的活。若是有一丝空闲，她就会绣花，在鞋垫子上绣下一朵花、一只猫，或者一个世界。她的手巧，在十里八乡都是出名的。这就是她全部的生活。我不知道她是否有梦想，总之她就那样活着，从年轻一直到老去。

年轻时候的她很美，会在脸上搽雪花膏，让身上飘着香味。头上梳着两个发髻，像极了两座山。那时候我有一个愿望，等我长大了我也要梳妈妈那样的发型，但后来我长成了男孩子的样子，总是留着寸头，穿着球衣。偶尔遇见不熟悉的人，总是有人会问她："这是你儿子？"妈妈看着我笑嘻嘻地回答说："这是我女儿。"我能看到对方脸上的诧异。但妈妈从未曾说教我，她总是让我由着性子。

她并不是一个脾气很好的女人，从小到大我对她记忆深刻的就是她手里的鞋底子。我被她揍过无数次：小时候尿床她会揍我；逃学她会揍我；我和别人打架，打破了对方的头，她还是会揍我。小时候我曾在日记里写道：也许她是一个巫婆，或者恶毒的后妈。

我一直认为她从来不曾爱过我。直到那年，我偷吃家里打了农药的苹果，脸色苍白，口吐白沫，命悬一线。她抱着我大哭，骑了一个多小时自行车把我送进了医院。我隐隐约约看见她额头的汗水。家乡的路不是盘旋上坡，就是盘旋下坡，到处都是山。不知道那一刻她有多坚强，又有多恐惧。我被救了过来。救过来的那一刻，她抱着我大哭，哭得很大声，至今我依然记忆犹新。

从那之后她很少打我了。慢慢长大后，我才知道原来她是这世界上最爱我的人。而我这一生，爱过很多人，唯独没有好好爱过她。

她开始老去，我开始长大。儿时的记忆依然有很多让我印象深刻。她会悄悄地在睡着之后帮我完成作业，在早晨起床亲吻我的脸颊，在我书包里多塞几十块生活费。我一边享受着她的爱，一边嫌弃她唠叨，却未曾看到她已经老了。

母亲的一生都生活在病痛之中，年轻时坐月子留下的腿疼，会在刮风下雨的时候发作，每个下雨天的夜里她都无法入睡。我看着她由一个年轻漂亮的姑娘，变成一个身体佝偻、双腿罗圈的老妪。

我曾经害怕别人知道我有这样一位母亲，很少让她来学校找我。不知她是否知道我曾经嫌弃过她，现在想起那些日子，我感觉脸火辣辣的。

后来我慢慢长大，开始变得强大，不会再被自卑折磨。我才知道，无论她是何种模样，她永远是我最敬爱的妈妈。我爱她，我愿意带着她走在我的世界，对着所有人说"这就是我的母亲"。

她这一生都奉献给我们这个小家,忙着照顾我们,现在又忙着照顾孙子。不会做很多花样的饭菜,只会做面条和简单的炒菜;没有杰出的贡献;没有见过世面,走得最远的地方大概就是我家。她不会给我讲大道理,可是她教会了我,无论生活给予我们什么,我们都要坚强地前行;教会我如何做一个好妻子、好妈妈;教会我如何去爱。

我依然记得我结婚那天,母亲拉着我的手,眼睛泛红,对我说:"以后结婚了不要那么任性,跟婆婆公公好好相处,勤快一点,好好过日子。你选的路只能你自己走。"说完她就转身离开。我看见她脸上泪如雨下。原来她的爱一直藏在生活里。我不曾听她说过"我爱你,亲爱的",但是她永远会把最好的留给我。

有人说,养儿方知父母恩。这句话真是一句大实话。有了孩子之后,我才明白她对我的付出。她是一位朴实的农村妇女,一生没有太大的成就。她把一生都用来做母亲,不停地操心着我的生活。

我记得小时候我不仅体弱多病,而且爱闯祸。就一条胳膊就坏过三次,锁骨也断过两次。我已经记不清那时候是否觉得疼痛难忍。但是我一直记得那年我做完手术,她趴在我床前默默流泪。这一幕,我记了很久。这就是爱,最真实的爱。

就连当年裸婚,母亲都只说一句:"你自己喜欢就好。"我不知道当时他们承受了多少压力。我记得刚结婚那会,经常有村子里的大爷大妈问我:"你结婚的时候真没给彩礼?不是说好了以后给吗?给了没有?"

总之这件事被议论了很久。后来,我带着母亲去医院换了关节,让她变得和所有人都一样,不再饱受病痛的折磨,不再因为腿畸形而自卑。当妈妈坐在人群中,骄傲地讲起自己闺女的日子过得蒸蒸日上的时候,那些言论才渐渐消失。

她虽然没有读过多少书,可是她给了我这个世界上最大的自由,允许我成为自己。纵然在很多人眼中,我是个不成器的,但是在母亲的眼中,我所有的不一样,都很正常。

再后来,我发现,这就是她的智慧。

正是因为她对我的纵容,才让我没有失去个性,不断地去探索,最后活成了想要的样子。上学的时候,我理寸头,她觉得我很帅。结婚的时候,我裸婚,她说:"去,一定要从这大山里走出去,不然一辈子太苦了。"我想要创业,她说:"你就是有闯劲,年轻想干就干。你看妈,现在啥也干不了了。"

虽然她不完美,但她确实是我心中最完美的妈妈。因为有她,我才有底气,去做任何事情。

父亲

立秋，狂风暴雨之后，天空突然凉了下来。再次回到这片生我养我的土地，对于这里的一切变得熟悉而陌生。身边有父母、祖母、孩子，生活安逸。

生活所有的焦虑，因为回家变淡。父亲依旧坚持做工，即使我再三劝说，他依旧坚持，甚至出现争吵，他也不愿妥协。看见他如此辛苦，心里难过，有时会想：到底我们能不能改变别人的生活？好像从来不能。

想到这些，内心总是有深深的无力感。我无法理解他，他亦对我的言论表示不认可。我想要他停下来歇息，不要那般辛苦。父亲说："农民一生，都靠劳动自给自足，若是停止劳动，生活就会变得困难，没有后路。一起干活的工友，有的已经年过七十,依然每日坚持工作,即使薪资微薄,但也足够维持生活。"

我说:"我和哥哥可以养你。"他笑着说:"每个人都有自己的命,我不能成为你们的拖累。只要你们过得好,我就安心。不干活的时候,总是感觉浑身无力,好像一瞬间就老了,成了废人。"

跟父亲的关系一直亲密而温暖,从小到大任何事情都会跟他交谈。他对我有莫大的纵容,无论我做出什么样的选择,他都以我为荣。有时候,我就会想,我是个幸福的孩子,即使我曾经经历自卑、贫穷。但是因为他的爱,我始终相信爱和真情,对生活充满希望。

小时候,他总是会在早晨离开家的时候亲吻我的脸颊,在夜晚回家跟我聊天。我记得他温暖的怀抱和那一双有力的大手。无论我在何方,想到他,内心就会充满力量;无论生活多么艰难,他总是在努力;无论努力得到的结果是多么微薄,他都不抱怨。对于生活充满热情,很少见他难过。他总是笑嘻嘻地看着我,看着世界。

曾经我选择不读书,想要不让他再这般辛苦。直到现在,我渐渐明白,谁也无法改变谁的生活。每个人的人生最终的幸福,都是来自自己,而不是别人。

我一直想要成为有钱人，想要做生意，想要拥有更好的物质生活，大部分是因为父母，想要给予他们最好的生活。可是我现在渐渐明白，他们想要的仅仅是我过得好。物质对于他们来说好像从来都无所谓。我给他们的钱，回家之后，会再次出现在我的包包里。为此，我们争吵过很多次。他总是说："孩子，爸有钱，现在能挣钱，你过好你的日子就好。"

他总是这样，即使渐渐老去，依旧独立，不愿倚靠儿女。她与母亲相互倚靠，再也不像年轻时候那样会长久地争吵，脾气变得温和。这种平淡的生活里有我想要的幸福。看着他们，我开始感谢我出生在这样的一个家庭，即使没有大富大贵，但是温暖有爱。

这些天，在家里被爱包围。早晨起床，母亲的饭菜已经准备好。全家人围在小桌旁边，吃饭交谈。这样的日子，像是偷来的时光。

躺在院子里看书，父亲会坐在院子里看我，孩子在院子里奔跑，母亲忙着为我准备更丰盛的午餐。头顶的白云飘过，天空是那种极致的蔚蓝。这样的天空，只属于这里。很多年，我都未曾见过这般干净的天空，城市的天空总是灰蒙蒙的，像生活在那里的心情，总是无法畅快。

傍晚，天气微凉，我坐在西房里写字。晚霞洒进院子，红得耀眼，常常有种回到童年的感觉，好像我从来没有离开，还是十几岁的孩子，而此时我已经年过三十。以前常常听人说时间飞逝，此刻才真有感触。

夜晚一家人围在电视旁边，说生活琐事，孩子闹哄哄的。这样的情形好像很多年前就见过，只是那时候，我是孩子。回到家乡之后，生活就这样慢了下来，每一天都安稳，突然不想再回到那嘈杂的城市去了。

年龄越来越大，越来越贪恋和家人在一起的时光。小时候，总想逃离这个贫穷落后的小村子，想要逃离父母的管束，痛恨这里的愚昧落后。离开家乡之后，才知道，这里其实是世间的一片净土。很多事情，就是这样后知后觉。

回家

带着孩子出发,离开生活已久的小城。前往我生活了二十年的家乡,那里承载着我所有的过往和那些一生存在于我生命的人。

婚后回家的次数越来越少,总是忙碌、奔波,在追寻自己想要的生活。父母和朋友都被放在家乡很久。我时常会想念他们,想念他们曾经给我的爱。

小城开启了火炉模式,每年到了这个季节总是会心烦意乱,人也会暴瘦。热得无处可去,一整天开着空调,在房子里写字看书,心也无法完整。迪先生说我对自己期望太高,应该休息一下,停下来,出去走走。

孩子放假了,我很少有时间陪他。他总是说:"妈妈,我不喜欢你的工作，一直在忙。"我看着儿子拥抱他，想告诉他我努力的意义，又觉得自私。是啊！我是个自私的女人，一直为了自己的信仰活着。我应该抽出时间陪陪孩子，应该学会做一个妈妈。我依然焦虑，有太多的事情要做，时间总是不够用。而我总觉得什么事情都未曾做好。

有时候我会想生命的意义，努力的意义，追寻那些触摸不到的终极目标的意义。也许这些东西本身根本没有意义，所谓的意义都是我们赋予它们的。

父母在电话里询问了我几次，何时归来。我决定放下手头的一切，回归生活。也许这样，我的心才能安稳，焦虑才会减少。我解散了公众号运营团队，放弃这个月做训练营的计划，把一切与工作有关的东西都停了下来，甚至破天荒地停更了文章。我想我需要停下来去生活，去看看身边的人。

越来越多的时候，我觉得自己越活越自私，那颗不安分的心总在蠢蠢欲动。好像尘世间的一切都在慢慢地脱离我的生活。我跟迪先生说，我好像会随时放弃一切去流浪。我害怕变成那样的人，那就是曾经的自己——一个自私、冷漠、冷血的人，不会把生活里任何人放在心里。

孩子趴在我的怀里喊妈妈，我才知道，我需要去生活了。我不能只活给自己，我的生命不只属于自己。我带着孩子，收拾好东西，从小城出发。去看望许久不见的父母，还有那个一直等我回去的家。

家乡的路还是小时候的样子，坑坑洼洼，不够平整。小路两旁长满了野草。孩子欣喜地在小路上奔跑。我好像看见了我小时候的样子。村庄出现在我的眼前，几百户人家的村庄只剩下几十户人家。妈妈站在家门口向外眺望，瘦弱的身体，让我看得心酸。

过去拥抱妈妈，问好。家门口，还跟小时候一样坐着一大堆的婶婶、阿姨。我挨个问好，听她们又一次说起我小时候的模样。说起小时候，我是个上天入地的小男孩的模样，眼神倔强、瘦弱，如今竟然长成这般模样。

我曾厌恶她们坐在一起讨论村子里的家长里短，如今坐在她们当中，竟也觉得温暖。岁月到底不饶人，她们都成了白发老人，带着孙子或者孙女独居。看着年轻人的时候，有很大的热情。我记得她们曾经也是我这般年龄，会穿大花裙子，会搽雪花膏。听她们说起村庄里有好多青年男女离婚的事迹，心里觉得荒凉。

家还是那般温暖。妈妈做的臊子面还是那种味道，爸爸的笑容依然很暖。他们虽已不再年轻，但由于我和哥哥一直生活安定，我想他们从内心来说是幸福的。我握着爸爸那双布满老茧的手，躺在他的身边，絮叨一些生活琐事。这一年来，我好像第一次这样安静地生活。我把手机扔在背包里一天一夜，想要隔离那些我认为割舍不了的东西。

下午打开手机的时候，看到很多读者留言询问我为何消失、为何不更文。我突然觉得感动，总是有人一直悄然无息地陪伴着我。真好，有些事情，坚持起来忽然有了意义。

家乡的夜晚没有那般燥热，有丝丝的凉风。门口现在还有人聚在一起乘凉，有种恍惚感，仿佛我还是少年的模样。妈妈给我拿出来一纸箱子曾经写过的日记。我记得一把火烧光了所有，原来还有残留。

日记本纸张已经泛黄。有几本写了一些稚嫩的故事，关于那些刻骨铭心的青春，还有关于青春的悸动，还有曾暗恋过但已经忘记姓名的男孩。想起那些岁月，也是一种美好，只是早已没有当时的撕心裂肺，只是觉得好笑，原来少女心的自己竟然是那个模样。

还有写了一半关于杀手的故事。还有一些书信，写给哥哥的、表哥的、幼时的闺蜜、高中时的知己，还有当时流行的笔友的信。字迹工整，开头都写着"展信佳"，像是某种仪式。信中说一些那时候的心事。我觉得信的意义很大，因为它把人内心那些不愿意随意说出来的话，用文字表述出来，很有温度和力量，让人感动。

信中的好多人已经失联好多年，以致我已忘记原来我们曾经是彼此的寄托。那般浓烈的情就那样消失得无影无踪。不知道他们是否还会记得我。再想起那些年，只剩下模糊的记忆，人和物都不再清晰。

夜晚降临了。有点微凉，农村的生活到底是自在。孩子和侄子一起在院子里追逐打闹，爸爸妈妈在院子里乘凉，看着孙子嬉闹。这大概就是人生的幸福吧。

荒野

天空蓝得出奇，像是被水清洗过一样透亮，我坐在荒野里喝茶、看书、听风、等雨。远处的山褪去迷雾，露出真容，它静静地耸立着，安静地看着世界。我想象着我是山神，把这连绵起伏的大山拥在怀里，不知道为何会生出这样奇怪的想法。

决定再次出行，在冬日的某天。无处释放的压力导致头疼欲裂几个月，用中医、西医各种折腾，始终没有找到病因。头疼的时候，脑子是混乱的，眼前是混沌的，世界是模糊不清的。痛苦如影随形，无法写作，无法好好工作，无法去做任何事，有时觉得自己可能病了，甚至病入膏肓。

随着车子渐渐远去，城市消失在我的眼前。我放下身上所有的担子，放下心中所有的欲念，放下难以割舍的家。我把心放在天地之间，把身体置于荒野之中，把灵魂唤醒，把五感打开。我看见了自己，也看见了世界，更看到了众生。

遇见了很多人，听到了很多故事。我开始在想：我到底要如何去写作？要成为什么样的人？车子在飞速前行，我开始放空自己，有了更多的时间来思考。思考生活，思考未来，思考写作，思考应该去做什么。

静静地望着天边的明月，静静地望着绝美的夕阳，静静地望着巍峨的大山，静静地望着一望无际的荒野，静静地望着月亮悄悄爬上枝头。感受着时间一点一点滑过，看着这个世界一点一点在我眼前显现。思绪随着这广袤无垠的天地飞扬。

忙碌的生活，内卷的世界。人几乎失去思考的时间，一直在努力赶路，却不知道要去哪里。身体很累，却从不敢休息，怕被淘汰，怕被遗弃。强迫自己休息的过程并不顺利。前几天还是有强烈的不适感。不做事的时候，内心是空虚的，心无所依，整个人都是飘的，头疼似乎还有加重的迹象。

那一夜，我坐在襄阳街头摆摊听故事；那一夜，我坐在武汉街头摆摊听故事；那一夜，我在宜春街头摆摊听故事。在别人的人生里我看到了自己，也就是那个时候，我尝试让自己松弛下来，去听世界的声音。

我们要怎样过好这一生？世人皆忙忙碌碌，为碎银二两，为名利双收，为那虚无缥缈的未来，为那无尽的欲望。若是舍弃这一切，活在每一个当下会如何？痛苦会不会少？心情会不会好？生活会不会更简单？人生会不会更幸福？

我尝试告诉自己，你不必那么辛苦；尝试告诉自己，请爱你自己；尝试告诉自己，其实你也可以休息；尝试告诉自己，你不必那么要强；尝试告诉自己，你不必完美；尝试告诉自己，你可以享受安逸的生活；尝试告诉自己，你不必把那么多责任背在身上。

我真的去做了。我放下手机，去和清风明月为伴；我放下工作，读书品茶一下午；我放下责任，奔跑在山野之中；我放下身份，在街头摆摊听故事。

我的身体在一点一点地舒展，我的世界在一点一点变得清明，我眼睛里的迷雾在一点一点散开，我的世界变得越来越大，我的心变得越来越广。头疼的感觉消失了，头脑变得异常清晰，有那么一瞬间，甚至觉得不真实。

要如何活着、怎样活着，我似乎找到了答案。在工作的时候，好好工作；在休息的时候，好好休息；在吃饭的时候，好好吃饭。活在每一个当下，活在当下的每一个时刻。享受当下的安逸，享受当下的快乐，享受当下与清风明月相伴的惬意。

当一切变得自在随性的那一刻，我突然明白了我要如何去写作，要怎样去写作。

把自己融入这个世界，去感受风的速度，去感受山的高度，去感受河流的广度，去感受大地的厚度。把自己放进生活里，尝试与每个人产生连接，去感受人的悲喜，去探索人性的复杂，去寻找世间真相，去追寻想要的真理。寻找那个本真的自己，让心回归到孩童时期的纯真，用婴儿的视角去看这个世界，用心记下每一个感受。这就是世界本来的样子。

遇见

每一次旅途都会遇见不同的人，每一个人都有属于自己的故事。这些故事都是不同的人生。遇见他们，我开始重新思考关于人生的意义。

我对于乌镇的情怀就像很多人对于西藏的情怀一样，念念不忘，以至于起身出发的时候，还觉得不真实。乌镇美景，就如仙境一样让我神往。来到乌镇时正值中午，天气闷热，好像被包在蒸笼里。我对于乌镇的初印象就是安静，街道人迹稀少。车站附近有很多黄包车，师傅们坐在车座上招揽生意，有种穿越到民国的感觉。建筑都是青瓦白墙，天空很高、很干净，让人心情瞬间变得愉悦。江南的温婉，在这一刻，我终于理解。拉着皮箱一个人行走在空旷的路上，像是在一个与世隔绝的世外桃源。订好的青旅就在车站的附近。导航带着我一路前行,每走一步,都可以看见不同的美景。

青旅是一个二十几岁的小姑娘开的。她头发花白,皮肤白净,素颜,脸上的笑容很恬淡。看见她,我对美有了新的理解:原来美并不是整容脸、大眼睛、大长腿、精致的妆容,而是身上那股淡然的气质。

女孩少年白头,并不知是什么缘由。我去的那天,看见她一个人坐在靠近书架的躺椅上看书。那本书是安妮宝贝的《莲花》。她专注的神情,好像这样的岁月静好就是人生的幸福。

看见我进来,她起身微笑说:"你来了,辛苦了,上楼休息吧!要出去的话来找我,我给你攻略。"这样的开场白,让我心中一暖。我看着她说:"你喜欢安妮宝贝吗?"她说:"是啊!我喜欢安妮宝贝。"就是因为这句话,我们的关系突然拉近。她跟我滔滔不绝地讲着安妮宝贝书中的故事。我看着她的样子,像是看着另一个自己。她说:"从年少就喜欢安妮宝贝的小说,尤其喜欢安妮宝贝现在的作品,写尽了生活哲学。她总是能把这世间所有的情感看得很透彻。"

我掏出一本《眠空》送给她。这是我在旅途中常带的一本书。每一个夜晚,我都会在睡前翻开她的书,跟着她的思绪去看这世界。她说:"对感情要没有期望,才会获得幸福,有了期望就会有失望和猜疑。"对于婚姻我一直试着用这样的态度,果然效果极好。不把所有的希望寄予男人的身上,在需要离开时随时离开,在爱的时候用尽全力。

女孩帮我拉着皮箱,带我去了房间,转身离开的时候告诉我说:"很高兴遇见你。"人和人的关系就是这样简单,有时因为某句话就会拉近距离,没有了陌生,像是多年的朋友。

那天是出行的第十天,身心俱疲,没有心思出门,一整个下午都待在青旅里。在一楼的大厅沙发上看书,跟她交谈。书架上有各种各样的书籍,茶几上放着茶海和一幅未完成的素描。她的生活像极了我想要的生活。我问她:"为什么会在这里开一家青旅。"

她跟我讲过去的生活。她以前在事业单位工作,生活重复枯燥,总是学不会人与人之间那些世故,内心总是渴望流浪的生活。遇见一群志同道合的人,第一次出门,去了西藏。从那天开始她再也没有回家,一直在行走的路上。

她说:"可可西里的星空真美。那磕长头的信徒让我看到了信仰。坐在西藏的小酒馆里,喝马奶酒,听流浪歌手唱歌,奔跑在草原上,因为缺氧而住院。但是心是安稳的,喜欢这样的生活,好像这样的生活才是自己追寻的。"

在西藏待了半月,回来之后就辞去了工作,背起行囊离开。母亲的不理解、父亲的沉默,都无法阻挡她出走的决心。她辗转去了很多地方,在越南的小村庄,在大理的酒吧,在青海的小青旅,在云南支教,在上海的街头看霓虹绕眼,在西安的街头漫步。后来遇见乌镇,想要安定下来。

在此开了一家青旅,日出而作,日落而息。她说她喜欢这里的安静,累了想要停下来。她几乎过上了我想要的生活——看书、画画、品茶,闲时和店里的客人聊天。有那么一刻,我突然不想走了,想要留下来跟她一样过这样的日子。

我问她:"结婚了吗?"

她说:"我对婚姻没有期望,奉行不婚主义。"

我问她:"一个人会觉得孤独吗?"

她说:"有时候会觉得孤独,甚至寂寞。可是这样的生活刚好是我想要的。爱过几个男子,总是无法长久地在一起,便分开,然后再也不见。"

我有那么一瞬间觉得她是来自安妮宝贝书中的女子。原来她的美是因为她根本不属于这个俗世。

她说:"在这里一年,又想离开了,好像再也无法安定地生活。"然后低下头画画,那样子像是她才是一幅画。乌镇的小桥流水、白墙青瓦、安静祥和就是她内心的归宿。世间嘈杂,总是难觅净土。她在她的世外桃源里生活。

那一晚,她拿出一瓶桃花酿和我对饮。从不喝酒的我,感恩遇见她,也喝了几口。那酒的味道跟她的名字一样妙不可言,花香和酒香重合,淡淡的甜味和酒味混合,刺激着我的味蕾让我沉醉。正所谓酒不醉人人自醉。

她的青旅叫作The one青年旅社,寓意独一无二。很适合她,也很适合这家小店。在这里待三天像是回家,好像这家小店是我曾经的梦想之地。她性格温和,总是会在我出行的时候,提醒我带上雨伞,叮嘱我不要被骗,告诉我哪里的景色更加原始。这一切赋予了我旅途新的意义。

在乌镇的第二天,大雨,我在雨中漫步。

诗意和人间烟火,或许此时我更喜欢人间烟火,喜欢这烟火里的安稳,因为这人间烟火里有我爱的人儿。每个人都有自己的人生,总有人会过着我们想象中的生活。但是那样的生活并非适合每一个人。站在江南的美景里,我总是会想起丈夫和孩子,他们的怀抱好像才是我最想要的温暖。

离开那天,她送给我一本《旅行十年》,还说:"下次再见。"我转身离开,此生或许不会再见。

火车上我翻看那本《旅行十年》,看到了她写的字。"姑娘,感恩遇见你。"泪眼蒙眬,此刻我才想起,我竟然不知道她的姓名,未曾有一张照片,就这样再见了。

看客

我坐在西安的一家青旅写下这篇文章。青旅的环境幽雅，我躲在角落里看着散落在大厅的人。母亲就坐在我的对面，她已经年过五十，未曾来过这样的地方。我看着她，眼睛湿润。

她的生活从来只有那片黄土地。这样的生活，让她有些不适应，有些拘谨。她一直坐在我的对面发呆。我想逗她开心一点，我猜想着她在心里想着什么，不知道她是否有关于自由的梦想。在我看来，她这一生幸福而又悲伤。

她与父亲的关系一直很好。未曾见过他们彼此表达过爱，可是我知道他们是相爱的。他们一生都在家乡那片土地上，认真地生活着，常常絮叨一些生活的烦心事。

我看不懂她的眼神，也看不懂她此刻在想什么。我想象着一个到了知天命年纪的女人，在这样的环境中，有什么样的心理。也许她也会想起年轻时候的事情，也许她想象着她还很年轻，可以跟我一样肆无忌惮地生活。

一个朴实的农村女人，看着女儿的样子，该是幸福的。她身体瘦弱，蜷曲在大厅的座位上。也许她害怕孤独，坚持陪在我身边，不肯一个人去房间。身体不好很久了，看着她的时候，我的心里总是莫名难过。

我看见坐在对面桌子上的男子，一直翻看着手机，一个人独处。偶尔拿出笔记录着什么；偶尔抬起头看着青旅的人，眼睛里有茫然。他看起来风尘仆仆，也许已经走过很多路。他想要找寻什么，我不得而知。我无法很自然地过去与他搭讪，或者跟他聊天。我像一个神经病一样悄悄地观察着他。也许他有一个网上的情人，或许他的生活里只有自己。我想象他一个人走在陌生城市的样子，孤独得让人觉得悲伤。看着看着，我忽然觉得也许他就是我，一个灵魂深处的我。

我的神经质又一次凸显出来。我已经正常好多年了，这样的情况很少出现，像神经病一样总是想象着一些天马行空的事情。手机显示只剩百分之一的电了，我感觉到惶恐，我想要记下这些记忆。

右手边的两个美女，开心地摆各种姿势自拍。我喜欢她们的状态，我总是喜欢那种简单的快乐。也许我从来都不是一个快乐的人，却喜欢生活中那些简单、快乐的人和事。听到她们的笑声，我也变得开朗，我向她们借了充电宝，继续写文章。我发现微笑的力量真的好强大，莫名让人与人之间的距离拉近。长发的女人总是有莫名的美感，她们手指细长，相互说着一些私密的话语，时而传来笑声。这让我想起了我的闺蜜，那两个一生不换的女子。我总是时不时地想起她们。她们不在我的生命里已经十年之久，可是我依然怀念和她们在一起的日子。我分不清楚，我是爱着她们还是怀念那段岁月。

过年的时候，我跟她们两个一起拍了闺蜜照。这感觉像极了我们三个人结婚了，像年轻时候说的那样，我们三个人一起过日子。简怀着孩子，我和卡卡小心翼翼地照顾着她，好似她肚子里那个孩子属于我们两个。在那一刻，我突然知道，怀念那段岁月的人，不只是我，还有她们。

这种心自由飞翔的感觉，让我年轻了好多，就连写文章的时候，都觉得顺畅了不少。我是一个偷窥者，观察着青旅的每一个人。这一刻，我已经忘记白天的烦恼，我觉得自己也是一个旅行者，走在旅途。

隔壁那一桌，是一个温馨的家庭。女人和男人带着孩子，一起坐在桌上打牌，笑声不断。孩子已经成年，看起来美好，总是笑眯眯地看着父母，相互交谈着。孩子因为打牌赢了而发出惊呼，他长得很帅气，浑身上下都洋溢着那种在幸福家庭生活的自信。这种自信让他看起来极为美好。

我不知道，男人和女人是否真的如我看到的这般幸福，但是这一刻，他们应该是幸福的。旅途带给我的感觉，有时候好像是一种人与人关系的递进。

我好似和迪先生很多年都没有出去旅行过，总是忙着挣钱，忙着让生活变得更好，就连孩子都放在老家，让他孤独地成长着。孩子很美好，总是没有由来地黏着我，是一个懂事而暖心的小男孩。看着他美好的样子，我总是想象着他长大的样子，不知道他还会不会像现在这样对我说"妈妈我爱你"，会不会让我拥抱、亲吻他的脸颊。

完美的家庭总是如此，让人羡慕，而又让人觉得快乐。

这一刻的我，头抬起来，观察着别人的表情，心里天马行空。我喜欢这样的状态，不是我在写文章，而是故事带着我前行。这种心灵的空灵很舒服，好像身体得到了净化，开始飘飘然。我在青旅的书架上找到一本书，趴在桌子上一页一页地看。这本书叫作《出走年代》，写着一个个孤独的灵魂在旅途中寻找自我、爱、性、男人、女人。

吧台的服务员眼神淡漠，她好似厌倦了这种一直待在这一个地方的生活。有人跟她交流的时候，她会显得很不耐烦，虽然年龄不大，脸上却写着疲惫。我总觉得她是一个有故事的人。也许她的生活不够幸福。我悄悄地观察着她脸上的表情、她的动作。她坐在吧台的椅子上看着门发呆，也许她想起了她的爱人，也许她的灵魂在远游。

我还在那个角落，无法跟任何人交谈，有时候我觉得我属于异常内向的人。我喜欢他们脸上的表情，喜欢看着陌生人想象着他们的故事。

若是你在青旅里看到角落里的女人一身黑衣，头发凌乱、干枯，脸上露着诡异的微笑，眼神涣散，你一定觉得她有点不像正常人。她对面是一个年长的妇人，与环境格格不入。她的眼睛总是不停地看向妇人，不说话，但眼睛里有很多东西，说不清楚是什么。越来越多的人在大厅里交谈，不知道他们是否熟悉。我只是冷眼观望，还是无法交谈。这一刻的我，好似丧失了语言能力，只能奋笔疾书。

青旅的留言墙上留了很多故事，关于一些离别、怀念和爱。

我用手机拍下他们的文字，不知道写下这些文字的时候，他们是什么心情，也许有所期待，期待对方有一天可以看到。这种表达方式，总是隐匿着某些秘密。

我窥探着这一切，像一个偷故事的贼。

句号

终于在交稿前夕，写完最后一章节，为这本书画上了一个句号。

做完这些事，我起身活动了一下肩膀和身体。说不出是一种什么感觉，非要形容的话，应该是一种如释重负的感觉。很轻松，好像卸下了身上的一块大石头。

写了五年，身边很多和我一起写作的朋友都出书了，唯独我像老牛一样，勤勤恳恳，却成绩不大。前两年，因为出书的执念异常焦虑，也时常怀疑自己到底是否适合写作。一次次放弃，又一次次坚持。

从2019年开始，我忽然明白了一件事：有些事情急不来，需要慢慢来；有些结果值得等待，哪怕久一点。我记得曾经有个出书的作者跟我说："我一直有一个出书的梦想，可是这个梦想实现了，反而心空了，没有了方向。书的销量并不好，我也没有因此变得很厉害。生活和之前一模一样，没有任何变化。我开始不知道做这件事的意义。"

在此刻，我开始明白他的感受。有些我们曾经心心念念的东西，在得到的那一刻，并没有那么大的喜悦。原来这世界最美好的事情，永远是追逐。原来这世界上最美的风景，都是在路上。我们一直盯着结果，后来才发现，那些曾经为了到达终点努力奔波的过程，才是我们永生难忘的。

整个八月一直在做一件事——写书稿。我很少有这样高强度的写作。我有时候一天写完一万多字，有时候一天一个字也写不出，整个人处于非常紧张的状态。

孩子放假的时候想要回老家，因为我工作的原因，一再拖延，一直到开学，也没有腾出时间回家。父母永远对我的工作表示理解；丈夫一直在鼓励我，给我力量。书稿完成之后，他帮我修改了五天，没日没夜。我是一个很幸运的人，身边的每个人都尽最大的努力支持着我，追逐着我的梦想。

对我想要的、想要做的，他们总是最大限度给予我支持。在我迷茫的时候，在我没有动力的时候，他们总是告诉我"你可以"，帮我解决所有的后顾之忧，给我自由。

我曾经对世界失望，对生活失望，对未来失望。在我重新拿起笔的时候，我重新找到了自己的使命。这些年，一直在做这一件事，身心都发生了巨大的改变。无论我获得了多少成绩，最重要的是我拯救了自己。

今年我签约了两本书的出版，一本小说，一本写作课。出版一本小说，一直是我的梦想。我终于在三十岁的尾巴上完成了这个心愿。而这本写作课类型的书稿，是因为约稿，才突然萌生想要写的想法。

做写作讲师这么多年，收到不下十次这样的约稿，总是觉得自己不可以，时机不成熟。这一次的书稿要求是新媒体写作。仔细想了想，这些年做这件事的经验，或许可以帮助我完成这本书，也算是对自己做这件事这么久的一个梳理，就接了。

选题和目录很快通过，书稿也终于完结，交给了出版社，等待审核结果。无论是否过审，无论结局怎样，好像不太重要了，因为我终于去做了我该做的所有事情。写作之后，最大的改变应该就是心境，对任何事都没有了太大的期望，只希望可以做自己喜欢的事，可以一直一直不放下手里的笔坚持写作，坚持写自己想写的故事。

今年公司成立了团队，他们常常对我说的一句话是："老板，要放弃你的情怀，不然没有办法赚钱。"他们找来很多成功的例子给我看，希望我学会营销，希望我可以成为一个真正意义的老板。我始终没有做到，我一直想做自己，想要把自己做的这件事做得纯粹一点。

就在这一个月，跟我一起两年的运营总监猫猫离开了我。她离开的时候跟我说："你不适合做公司、做老板，你适合写作，不适合做事业。我跟你讲的所有事情，你总是推脱不做。我知道你的想法，可是你要知道，这世界只靠情怀无法活下去。"

她离开之后，我想了很久，不知道我到底是做错了，还是做对了。即使到了现在我还是不知道我们谁对谁错。

让我抛弃我的情怀，我好像就没有办法再继续做我想做的这件事了。这些年，我一直以为自己变了，彻彻底底地变成了另外一个人。现在看来，我还是和以前一样执拗。这部分性格始终没变。好多人都告诉我这样是错的，可是我还是想坚持，没有办法接受别人的建议。

我知道这样做事的代价，即使这样，我依然想坚持。

九月，一切好像重新开始了，好多事情都有了结果。书稿终于完成，团队重新组合。他们有人依然不认同我的经营理念，我只能尽可能想办法赚钱，养活他们和自己。

长安的夏天过去了，没有了那般燥热，早晨微凉。我一个人沿着街道走着去公司，边走边想——人生到底怎样的选择才是对的？

我问丈夫："是不是长大之后，我们都不应该只坚守自己的想法，需要做出改变？"他说："若是你变了，你就不是你了，成了别人。如果你觉得对的，就坚守吧！我一直羡慕你可以做自己，你不是说过，要按照自己的意愿活着吗？其实你心中已有答案，何必来问我。"

这或许就是人生的痛苦，总是要不停地选择，不停地去寻找适合自己的生活。很多事情并无对错，只是在于你的选择，而这个选择是每个人都需要去做的。不管怎样选择，只要你觉得值得，觉得对的，那肯定没错。

我总觉得人应该去坚守自己想要坚守的东西，不应该失去本心，不然再也无法快乐。快乐是多么奢侈的一件事，何必为了一些身外之物失去它。

那一年拿起笔，就是为了可以心无旁骛地写下去，而写作路上的种种成绩，都是因为这个初心带来的复利。若是失去了初心，我不确定是否还能坚持下去。

写作

很多人问我为什么会写小说。我习惯笑笑说：闲得无聊，打发时间。对于这样的答案，他们是满意的。我知道，我其实是因为梦想，因为骨子里的喜爱。

我悄悄地在夜深人静的时候，写下内心深处的感悟，小心翼翼地保存起来。那些文章慰藉着我自己的灵魂，我用笔写着我所向往的生活、我想拥有的世界。

生活压力压得我喘不过气来，生意投资失败，婚姻也变得焦躁、争吵不休。我一遍一遍写下心中的苦闷！下笔如有神，神情淡漠，嘴角上扬，灵魂在释放，血液在沸腾。我在这种困境中找到了一丝光明。寂寞、孤独或者情爱，都开始远离我；所有的不幸与幸福，好似都不是发生在我身上，只是我幻化出来的幻境。我想得到解脱，想要摆脱这种让我变得神经质的生活。

某一日，我突然拿起笔，写下别人的故事。那个主人公不再是我，是一个完全不存在的人。她身上的故事、她对于命运的抗争，让我觉得异常兴奋。我一篇一篇地写，无法停止，写到后来我不知道她是我，还是我是她，一点也分不清。我只知道我的情绪有了释放的方式，我开始重新活过来，振作起来，认真生活。

生命开始变得有意义，我看到了更多人如同我一样，在生活里苦苦挣扎，或为情，或为爱，或为钱，或者为了苟且地活着。每一步都是那么艰难、不易，都伴随着泪水、辛酸、痛苦。我悄悄地把他们刻进我的故事里，给他们一份得不到的幸福。那一刻，我感觉自己如同一个织梦师那般神奇。

我的心开始不像是自己，手不由自己，拿起笔总是停不下下来。我周全着生活，照顾着家、儿子、老公，守着自己的小店，闲来无事在店里看书，不间歇地看。夜晚，我奋笔疾书，幻化出各种故事。在别人看来做白日梦的日子里，我的心开始自由，脱离往日的苦痛。日子再艰难，生意再惨淡，心里总有一种信念支撑着。努力努力再努力。

有人说每个喜欢写作的人都是孤独的，我越来越觉得是孤独的人都喜欢用写作来释放自我。这个过程让我们有一种强烈的归属感，释放出心中那些阴暗的情绪。

有段时间抑郁，整日莫名地流泪，那大概是在生下宝宝后的日子里，孩子、老公都不在我的眼里，世界里只有自己。我曾写下一份遗书，是给丈夫的，但这件事没人知道。那份遗书至今还躺在我的日记本里。每次看到，都能想起那时的绝望。

那些曾经出现在我生命里的人，那十几年的好友，用生命保护过的女子，用力爱过、心疼过的女子，还有对孩子的期望，对丈夫的爱的叙述。那些日子没有一点光亮。我并不知道为何会变成那样。那些隐晦的、黑暗的、伤人的痛苦，无法与人诉说，像极了无病呻吟。那一段时间，我看过很多抑郁症患者的故事。他们最大的困难就是无法不无病呻吟，无法真的快乐。我想要得到救赎，却始终找不到出口，每日看着孩子，心没有一点活力。

身体开始出现病变，脚腕、手腕痛得要命。那种刺痛，让我麻木的心有了涟漪。医院的医生说这属于一种精神上的病理，也就是抑郁引起的。我抱着孩子回到了家里，再也没有去过医院。我开始学习抄写佛经，静静地写一上午，有感悟就用笔记录下来，心越来越静，生活开始明亮。再次想起那些日子，竟然是那么遥远。眼前这个开朗的女孩，怎样也想不起她曾经那样挣扎，躲在黑暗的世界里自我沉沦。

每个人也许都有一段这样的往事，因不同，果却是一样。我把这一切都写进了小说里，让我的小说看起来有了灵魂。

有个写作的前辈跟我说："你的小说很有灵气，文笔什么都可以练，唯有灵气是作者幻化出来的，是别人永远无法模仿或抄袭的。"

我用生命来幻化小说，无论你喜欢，或是不喜欢，我都觉得值得，并且愿意坚持下去！

很多人都说写不下去该怎么办，我觉得还是不够热爱；有人说坚持不下去怎么办，我觉得也许写作于你来说是一种兴趣，却不是生命。

有生之年，我唯愿拿起笔不再放下，写尽天下人情冷暖。写作于我来说就是生命，我愿意倾注一生心血。

虚构

小说创作是个神奇的过程，有时候会发现小说里的人物不仅有生命，还有思想。可能这样看起来有些神叨叨的，但是小说创作者应该都能理解我在说什么。在创作《余温》期间，我写死了一个角色。我依然记得那天，感觉不仅仅是一个虚构人物死了，更像是一个亲密的朋友突然离开了，难过得大哭。这种像神经病一样的情绪崩溃，真的就那样出现了。

我一直想，什么样的作品读者才会喜欢？直到写《余温》的时候，我终于找到了答案，一定是倾注了情感的作品。在此之前，我曾经创作过一部小说叫《尘世间的修行者》。我原本打算让女主出家离开尘世，但是在故事结尾，她似乎不愿意接受那个结局。我一旦让她出家修行，故事情节立马就难以为继，后来我只能让她获得幸福，有了属于自己的家，在尘世间找到归宿。那是我第一次感受到小说人物是有思想的。在写《余温》这本书的时候，我曾经安排甄玉离开这个世界，于是我杀了她三次，但是她每一次都活了下来。这个感觉太神奇了。不得已，我最终给了她一个圆满的结局。虽然她那样肆意妄为，甚至不顾一切，伤害别人，但是她仍然渴望活着，想要幸福。这可能就是这个人物的思想。我顺从了她，故事看起来也就更合理了。

书出版之后，很多读者都喜欢这个结局。

现实主义题材的小说奇妙之处就在这里，明明他看似不存在，可是每个人可能都在书中看到自己。

我用了六年的时间，让我的小说摆脱了我的禁锢，让我的小说人物不再是我，而是这个世界上的某一人群。这意味着，我终于向小说家迈进了一步。我创作出了王子，创作出了甄玉、闻博文、何生、雨生这样的小说人物。有很多人跟我说，在这部作品里看到了自己，治愈了自己。这让我明白了小说创作的价值，我愿意用一生去写出更多影响他人的作品。

就在今天发生了一件更神奇的事情。有一个叫闻博文的读者，发给我一段话。他说："我叫闻博文，和你书里写的人物一样的名字，甚至身上发生的故事也一样，患有抑郁症，曾经在精神病院待过。"这种感觉太神奇了，虚构的人物出现在生活之中，让我看到了另一个闻博文。我没有救得了书中的闻博文，但是拯救了现实生活中的闻博文，我留了微信给他。

我还告诉了他一个秘密："其实王子是另一个闻博文。"他回复我说："我会替代闻博文活成王子的样子。"这和小说里桥段一样，王子最终放过了自己，获得了重生。她决心替闻博文活下去，活成他期待的样子。

这种感觉奇妙极了，我书中所有的期望在此得到了验证。我希望给到读者的，在此有了一个结果。在《余温》出版之后，我收到很多好评，其实有一个读者的故事令我印象深刻。

那天她发消息给我说："无戒，感谢你写下这样一本书，我一直不能理解父亲为什么会自杀，以至于他离开这个世界多年，我一直都怨恨他。直到看完你这本书，我突然理解了他。"

我并不知道她在书中看到了什么，但是她终于放下了这件事，重新开始生活。

读者的反馈愈加坚定了我想要成为小说家的价值。不管如何，只要写出来的作品能够改变一个人的一生，就是功德无量的。况且当作品真的呈现于世间，其价值应该不止于此。

博弈

我坐在书桌前，看着窗外的鹅毛大雪，突然意识到冬天来了。孩子看着大雪大叫着说："妈妈，快看，下雪了！"他那双明亮的眼睛里，有着对生活的无限热情。我与他一起站在窗口看雪，雪越下越大。世界变成了白茫茫的一片。这是2022年的最后一个月了，一年又过去了。孩子长高了许多，我眼角的细纹多了几分。

整个十一月，我都在忙，忙着修改我的小说，一部来来回回改了八版的小说。我跟着小说里的人物一起成长，一起难过，一起死去，一起寻找希望，有时甚至觉得那些故事曾经好似真切地发生过，故事里的人都真实地存在过。

把自己置身在这样一个虚幻的世界里，快乐与悲伤也显得有些虚幻，甚至看丈夫和孩子的时候，都觉得有点不真实。没日没夜地修改作品，似乎比写初稿还要耗费时间。有一天晚上，改完作品一抬头已经两点了。整个世界都安静了下来，我走出书房，坐在客厅里，听黑夜的声音，突然感觉好累好累。

藏在黑夜里，所有真实的情绪一下子涌了出来，身体的疲惫也在这一刻全部倾泻而出。我就那样坐着，坐了很久很久，起身的时候脚都麻了。我在客厅里转了好几圈，尝试缓解我的脚麻。我家猫从房间里跑出来蹲在我面前，喵喵地叫着。

我知道，我该去睡觉了。摸索着上床，我做了一个长长的梦，梦里的我还是少年的模样，在村子里疯跑，听见妈妈拉长了声音喊我回家吃饭。

这部小说修改了很久很久，以前从未写过这样的作品，总是写完就结束了。当越来越多的人关注到我，我身上的责任就越来越大，对于作品的要求也随之变得苛刻。即使如此，我也常常怀疑作品的价值，在某一刻很失意，对自己毫无信心；也常常因为某个创意而兴奋许久，甚至因为写出一个满意的句子而欢欣鼓舞。在极度兴奋和极度失意之间来回切换着，生活也因为这样的情绪起伏变得有趣。

小说修改完成那天，同样是在深夜，我靠在椅子上睡着了，醒来的时候已经四点了，又看了一眼作品，很满意，关上电脑，如释重负。之后很多天，我无法进入写作状态，似乎还未从上一部作品中走出来。难得有时间停下来阅读，于是我开始看书，每天早晨醒来，从床上爬起来看书，一部接着一部，一天看完一本书。我甚至停下了手里的笔，把一整天都用来阅读。我躺在家里的沙发上、阳台的躺椅上、舒适的大床上，或者是坐在书桌前，悠闲自在地看着我喜欢的书。这日子实在是过于美好。

这就是我想要的生活，也是我喜欢的生活。

因为社群里的同学好多会被焦虑掌控，我决定重启年度写作课咨询，一边读书，一边咨询辅导。我拨通了一个又一个同学的电话，跟他们聊生活、聊写作、聊人生、聊读书、聊当下、聊生命的意义。

我们从未见过面，却能完全信任对方。我们可以肆无忌惮地谈论生活的一切。我听了很多故事，也尝试帮助他们解决问题。等我打完所有电话，我再也无法岁月静好卜去了，我甚至不好意思把我这诗意生活发在朋友圈、社群里。很多人生活艰难，我该做些什么？我不知道，就在那一刻我的心乱了。

我看不进去一个字，读不进去一页书。我打开手机，看到了各种各样的言论，我分不清楚哪个是对哪个是错，整天刷着各种各样的视频，跟着大家一起焦虑着，内心再也无法安稳。

似乎只有这样，我内心的罪恶感才能减少。

我在很多群里看到各种各样的讨论。他们愤世嫉俗，他们焦虑不安，他们骂天骂地骂社会。我脑子高速运转着，努力辨别着，看谁说得对，后来我发现，我什么都看不清。这让我更加焦虑，我看了那么多信息竟然连个对错都分不清楚。

这样的日子过了大概有一周的时间。我整个人像是被掏空了一样。

我问自己到底想干什么？想发声吗？可是站在哪个立场发声？自己都看不明白，又能说些什么呢？岁月静好或许并不是罪，反而是希望和光。

我反复问自己，想要找到答案。网络上的狂欢并未结束，依然有无数种声音在叫嚣着、争论着、互相攻击着。网络上的风向一直在变化着，我还是没有看清楚，哪个是对哪个是错。

我从未像现在这样焦虑过，那天，我扔掉了手机，又拿起了书。沉浸在书的世界里，我的心渐渐安稳了下来。

我终于知道，我发不了声，我无法改变任何东西，我只能做好自己。于是我重新拿起了笔，重新拿起了书，把网络的声音隔绝，把焦虑也一并全部隔绝。我的心静了下来，我的世界得到了安宁。在这样不确定的环境中，我们应该去寻找自己心中的确定性，然后一起等待黎明。

似乎每个人被大量的信息包裹着,让大脑失去了判断力,除了焦虑就剩下了空虚,还有被煽动的愤怒情绪。对生活失去信心,甚至绝望、沮丧。这样下去,就对吗?不,不应该是这样。

我尝试着把这一切隔开,找一本喜欢的书,煮一壶热茶,开始阅读,把心从杂乱的信息网中剥离出来,让它静下来。经过这段时间的自我博弈,我变得更加清醒。我很感谢这些年养成的读书习惯,让我养成了独立思考的能力。如果没有读书,我可能很难自救,也很难这么快就从这混乱的状态中脱离。

创作

年少时,喜好文字,让各种书陪我走过整个青春,或许就是那个时候,在心里种下了一颗种子。未来有一天,我也想写出这样的文字,陪伴那群有着寂静灵魂的孩子走过他们的青春。

用了十几年的时间,兜兜转转,重新拾起笔,开始写书,想象着自己是一名作家。

故事在笔下流淌,在昏黄的灯光下,在破旧潮湿阴冷的房间里,我一个人躲在小房子里,用笔发出沙沙的声音。当笔下的故事逐渐成形,我的梦想开始发芽。那时候我并不知道,我能否成为作家,只是那一刻,我的灵魂找到了栖息地。重复生活里的枯燥,让我痛苦不堪,而文字让所有的痛苦有了出口。

后来很多年，我仍然能记得那个夜晚。那时候，我还住在出租屋里。那天晚上房顶的墙皮脱落，掉在我的本子上。

努力工作那么多年，吃了很多苦，但生活似乎并没有变好，于是我听从生命的召唤，拿起了笔开始写作。

从那天至今已经八年了，我的人生发生了巨大的变化。那颗梦想的种子发芽了，而且一点一点地长大。从那天晚上开始，我手里的笔再也没有停下来过。坚持写作八年，完成了我的作家梦。

这个过程并不容易。无数次自我怀疑、无数次被拒稿、无数个无人问津的日子，把我的自信心放在地上摩擦。曾经在某个寂静的夜晚，崩溃大哭。夜吞噬了一切，黑得伸手不见五指，如同我的人生、我的未来找不到方向。

在坚持与放弃的挣扎中，我选择了坚持，选择了擦干眼泪，继续写。

后来很多人问过我，你是怎样坚持下来的？我想大概就是放弃的痛苦大于写作的痛苦。

就这样我写了五年，获得了出版的机会。我以为我会欣喜若狂，谁知道我却平静如水。也就是那个时候，我真正理解了写作。写作只是一种行为，无关结果。而写作的终极目标，并不是成名，而是超越自己，写出更深刻的文字。这个思维的转化，彻底改变了我。

当然这个过程并不比日更写作轻松，从第一本自传体小说《38℃爱情》到后来的热销小说《余温》以及新上市的《云端》和刚写完的新书《雪墨》，每一步都走得艰难。如果说《余温》是我的转型之作，那么《云端》就是我逐渐形成个人风格的代表作。

魔幻，超现实，更复杂的人性探索，是《云端》的主要特点。什么作品是好的作品？什么样的作品才有意义？什么样的人物才更加触动人心？我无时无刻不在思考这些问题，长久地枯坐，或者看书，企图找到答案。

在某个瞬间，又好像无师自通了，充满希望地开始创作。渐渐地我开始适应了作家这个身份，同时我把自己从旁观者的角色，拉到生活之中。

迪先生说："这两年，你越来越有生活气息，可能你灵魂归位了。"

我常常跟我的学生讲：写作即生活。脱离生活的写作很难打动别人，所有的写作都建立在真实的基础上，而这个真实是情感的真实。无论你用任何题材去承载这些情感，主人公的情感必须是真实的，只有真实，才能打动读者，因为人类的情感是共通的。这是我这些年写作最直观的感受。

《云端》是我出版的第四部作品。这本书当时写的时候很流畅，用了不到两个月的时间，就完成了它的初稿。初稿完成之后，一直找不到合适的结尾。来来回回写了很多次，也不满意，甚至想把它作为废稿扔在草稿箱里。

后来培培问我新书写得如何了，我说："结尾总是写不好，暂且搁置了。"她说："你发给我看看。"

过了几天她打电话跟我说："你的稿子我都看完了。这次稿子和之前相比有很大突破。"这句话，给我无限的动力。我记得那个晚上，我和她聊了三四个小时。放下电话的时候已经是半夜三点。

这次谈话，让我决定删减后面三章内容，重写结尾，设计一个开放式结尾。

挂了电话，我没去睡觉，一直写到早晨七点。终于完成了小说的结尾，那种成就感，我至今还记得。

那个绝妙的点子，在重写结尾的时候，出现在我的脑海之中。当小说画上最后的句号时，我那曾经烦躁的心，终于获得了安宁和满足。

这可能就是小说家的快乐，用无数次的折磨与痛苦，来换取完稿时的满足与惊喜。包括我曾经思考的一些事情，在这部小说结束的时候，也都找到了答案。

我再一次感受到,小说的人物一定是有灵魂的,他们知道自己的人生是什么样子。任何刻意都会让小说变得别扭和平庸。

原来的结局,总是无法满意的原因就是我为了那个大团圆,加了很多刻意的内容,弱化了原来小说的立意,让小说显得虎头蛇尾。和培培聊完之后,我决定尊重主人公的意愿,毕竟不完美才是人生真实的样子。

困境

看到网络上有人讨论，女作家大多婚姻无法圆满，大多数著名女作家，都是独身，或者离异，抑或是情路坎坷。或许唯有如此，才能看清世界，写出更深刻的文字。

我和迪先生玩笑着说："你看，我不能成为著名作家是有原因的，就是因为我婚姻过于幸福。"他只笑不说话。不过好像我喜欢的女作家也大多是独身，或离异。这看似偶然的结果，其实背后有着复杂的社会问题。

很多女性作家的访谈都会提到，女性想要安静地书写，是多么不易。

前段时间我看完了伍尔夫的《一间自己的房间》。这本书深入分析了女性作家的困境。其中提到，女性创作，常常被生活琐事打断，造成她们的作品没有连贯性，这是女性写作困境之一。而步入婚姻的女性，想要去写作，会遇到更大的阻力。尤其一些还未能成为作家的女性写作者，她们需要背负巨大的压力，如家人的不理解、不支持。若是无法靠写作赚得生活费，那么她们的行为就会被视作不务正业。此外，若是有孩子，还需要照顾孩子，做很多家务。现在的女性作者，不仅要照顾家庭，还要坚持上班养家。那么，留给写作的时间，更是少之又少。生活一旦出现各种意外，她们的写作事业，就很容易中断。

如果她们把赚来的钱，用来买书，或者想要离家去看世界，这些统统都会被冠上不务正业、离经叛道之名。

也正是因为如此，很多有天赋的女性写作者，在没能成为作家之前，就被生活打倒，放弃梦想，回归生活。不管她们如何心有不甘，都无法改变这样的事实。也有一些女性写作者，她们突然觉醒，从婚姻中逃离，挣脱所有枷锁，获得想要的自由，因此她们才能更好地写作。这大概就是女性作家婚姻不幸的缘由。

在我教写作的这八年时间里，总有女学员问我：如何平衡家庭、事业和写作之间的关系。但很奇怪的是，从未有男学员问过我此类问题。这么看来，女性想要成为作家，本身就比男性作家更为艰难。

可能很多人会说，你不是做得挺好吗？家庭幸福，还能持续写作。但这其中的艰辛，我很少与外人道。

经常，我正灵感爆发，一看时间，得赶紧去接孩子放学了，就不得不停止写作，关上电脑。有时候，如果一连好几天都是迪先生做饭，我就会内心愧疚，好像做了天大的错事，责备自己为了写作连孩子和老公都不顾了。这些都是女性写作困境，它真实地存在。母性使然，让我不得不去扮演好母亲的角色。几千年来，传统的思想影响，让我不得不去扮演一个贤妻。

前两天，有个学员跟我说："老师，我决定不写了，我要去赚钱了。写作不能养活自己，我无法坚持下去了。"她很有天赋，作品质量不差，只是她的生活需要钱。这种没有任何回报的写作，对她的生活毫无意义。家里没有人支持她写作，丈夫甚至因为她写作对她大打出手。她只能等晚上孩子和丈夫都睡了，偷偷躲进厨房写作。生活窘迫，写作又没有多少反馈，再加上家里人给她的各种压力，最后权衡利弊，她决定放弃。

我想，像她这样的女性写作者，并不是个例，而是很多女性写作者共同的写照。

伍尔夫说，导致女性无法写作的另一个缘由就是空间和贫穷。

女性想要成为作家,不仅需要才华,还需要时间、空间和金钱。我们这个时代,越来越多的女性觉醒,愿意为自己的梦想付出一切,但是这条路,仍然充满荆棘。我们需要赚钱养活梦想,杜绝所有的社会压力。所以我才会努力搞事业,因为只有如此,我才能心安理得地去创作。

常常有人问我,要不要辞职写作。我想说,辞职写作,就是自断后路,不可能长久,除非已经可以靠写作养活自己。

有时候我会想,我会不会是那个例外,一个不离婚且家庭幸福的女作家。我不知道,但是我会努力,努力去争取我们女性该拥有的一切。当然这会很辛苦,不过若是真的找到了这条路,那以后的女作家们或许不必如此辛苦,不必家庭破碎,也能去追逐自己的梦想,那该多好。

闺蜜

今年的长安，总是没完没了地下雨。而我的生活也如这长安的雨一样阴雨绵绵，很多事情无法与人道。幸运的是我还有她们，可以肆无忌惮地说任何事，任何话。

从十几岁到三十几岁，走了那么久，还不曾走散。

卡卡说："我最近要回国，时间定了，这个月17号晚上9点。"从那天开始，我和简还有卡卡，我们便开始规划见面的事情。去哪里吃饭，去哪里玩，去哪里拍照，住在哪里，要在一起几天。

我们的故事很长，可能讲好久好久都讲不完。我的青春所有的故事都与她们有关。那时候我们经常想象着长大之后要一起去做很多事，以为我们永远不会分开；那时候我们张扬而肆意地活着，对未来充满了无限的向往。

我们沿着宁县的公路可以走很久，永远有说不完的秘密。我们会因为下雨而悲伤，会因为暗恋的男孩谈恋爱了而难过，会因为老师的批评而痛苦。我们奔驰在球场上，和男孩子一样挥洒着汗水，还会偷偷地溜出校门去打台球，去网吧开QQ飞车，坐在马莲河边听水流的声音，坐在烈士陵园里俯瞰整个城市。那时候我们可以无所顾忌地大喊："老子将来一定会改变世界。"我们会大声地哭，放肆地笑，可以对看不惯的人和事毫不妥协。

校园里流传着我们的传说，关于三个特立独行的女孩。

我们总是在一起，一起上学，一起放学，一起打篮球，一起去餐厅吃饭，脸上写满了傲慢、不屑还有希望。

我们用我们理解的方式活着。有人羡慕，有人鄙视，有人不屑，有人看不惯。然而这一切对于我们来说，都无关紧要。在我们的世界里，没有比对方还重要的人，没有比按照自己理解的方式活着更重要的事。

或许我们从来不是好孩子，可是我们最喜欢的歌竟然是那一首《我们都是好孩子》。这里面可能藏着我们的渴望。我们从来都和众人不一样，可是我们总是唱起那一首《我们都一样》。因为这首歌像是为我们量身定做的，成为我们的秘密。

我们和这世界永远是截然相反的。好多年之后，有人提起我们，依然会记得那三个女孩，她们总是在一起，不离不弃。后来我们总是反复地回忆起这段岁月。每一次见面，都会想起这一切。那段岁月总是被拿出来反复怀念，以至于过了十几年了，那段岁月还被牢牢地刻在我们的脑海之中。

我们选择了不同的未来，散落在不同的地方，心却不曾分开。后来我遇见了很多人。她们在我生命里，匆匆而来，又匆匆离开。我在不同的地方想念她们，想念她们手心里的温度，想念她们喊我"菲"时候的温柔。

我们会在深夜里打电话很久很久，我们会在对方需要的时候立刻出现在对方的身边，紧紧相拥。我们不停地策划着要在哪一天见面，要在哪一月一起去旅行，要在哪一夜睡在一起像年少时一样彻夜畅谈。

很多年过去了，无论我们在何方，总是有办法聚在一起，总是毫不顾忌表达着对彼此的思念。我们就这样长大，结婚，生子，创业。

我们的孩子都知道，自己有两个干妈，是妈妈最好的朋友。她们有世界上最独特的名字——马尼卡，杨俭，郝菲。

我们成了对方生命的一部分，无法切割。我们的家人，甚至常常问起她们。我们再也没有遇见过一个像对方一样独特的女孩，更没有遇到像她们一样了解我的女孩。于是我们总是陷在回忆里，一遍遍想起对方。

我无数次听见她们对我说"爱你亲爱的"。我无数次听见她们轻声说"我很想念你们"。我们之间的感情超越了血缘，成了这世间独一无二的存在，不能仅仅用友情来形容。我们的未来规划里永远有彼此。

在人生漫长的路上，我们因为有对方，而充满希望。

无论我们离得有多远，无论我们在哪里，我们都住在对方的心里。距离上一次见面，好像已经有三年了。2021年，卡卡离家去国外留学，至今已经一年多了。卡卡在韩国，我在陕西，而简在甘肃。我们甚至无法在一个国家，但是我们从未意识到我们分开了。我们有一个小群，叫"要饭三人组"。那个群有我们的故事，有我们的过去，也有我们的未来。

我看过很多青春故事，听过很多女孩之间的故事，从来没有比我们之间还要美好的故事。我们的故事里没有嫉妒，没有矛盾，没有争吵，没有冷战，只有爱和理解。

每一次看到有人说闺蜜就是塑料姐妹花，我就会想起她们。女孩之间的感情并不是只有算计，还有一种超越任何情感的存在。

我们三个的故事，近二十年了，没有吵过架，没有过隔阁，没有过猜忌，没有女孩之间那些小九九。只要在一起，永远放肆快乐着，享受着在一起的每一刻。

我们职业不同，性格不同，生活不同，但是不会因为谁更好而远离对方，也不会因为谁不好而嫌弃对方。在我们的世界里，爱和欣赏永远存在。我们尊重对方的个性和选择，也尊重对方的生活和性格。那些世俗的东西，对我们来说都是屁。可能就是因为如此，我们才活得肆意，活得潇洒。

去机场接卡卡的那天，西安下着小雨，甘肃下着大雨。简开着车，从家里出发，在暴雨中奔跑三小时而来，在咸阳机场带我们回家。我和简在机场等着卡卡，等了整整两个多小时。她从电梯里走出来，朝我们奔跑而来。我们紧紧相拥，熟悉的味道，暖了整个夏天。

她瘦了很多，原来的短发变成了马尾，但还是酷酷的。我们一起走在街头，手拉着手，像青春时期那样。她们的笑声在我耳边响起，让我像是回到十八岁的那个夏天。深夜，我们沿着宁县的马路，缓缓前行。那时候，我们在想，未来我们会在哪里，有着怎样的生活。

我们的简长大了，成了妈妈；我终究没有离开文字，还在做着作家的梦；我们的卡卡，选择了她想要的生活，继续深造读书，去了国外读博士。我们都成了生活的主角，我们永远为自己活着，我们似乎从未改变。雨好大，夜很黑，雾升起，我们循着那束光，在黑夜里穿行。

凌晨三点的街头，有三个女孩，风尘仆仆而来。卡卡打开她的房门，跟我们说："亲爱的，这是我买给我们的房子。"

这是我们年少时候的梦想，有一间属于我们的房子，一起生活。那天，这个梦实现了。我看着她们在我的面前走来走去，脸上敷着面膜。我像是做了一场梦，梦见我和我的女孩生活在一起。我躺在沙发上，看着这个房子，又看着她们，仿佛我们已经这样生活了许久。

我们低声讨论着，明天要穿什么，要去哪里，要吃什么。

夜是那样的安静，我们的故事在这个深夜里继续着。就在那一刻，我开始想写下关于我们的故事，关于我们的生活，关于那些永远无法忘记的青春。

二十年前，我对她们说，长大之后，我要成为作家。她们说："你要写下我们的故事。"我说"好。"那天太阳很大，我们站在操场上，一起唱"我们都是好孩子，异想天开的孩子"。

就在这一天，我决定要开始写这个故事，一个关于她们的故事。

缅怀

我是个固执的人，很少有朋友，一旦有朋友，就会付出所有去爱她们。这大概是天蝎座的特性——变态的专情。

遇见帅那年我十七岁，那时我们一起在QQ空间写文章。因为文字而相识。相互鼓励，每日用文字交流，视对方为知己。那时候的我们都颓废而偏执，肆无忌惮地表达着对这个世界的看法，用文字来对抗我们黑暗的生活，悲喜分明。

那时候她喊我戒，我喊她帅。我一直以为帅只是她的笔名，后来才知道原来她的名字就叫秦帅。

有时候，你不得不相信这世界上很多事情都巧合得让人不可思议。对我而言，我朋友们的名字无一例外，都是这世间独一无二的。比如，卡卡叫马尼卡，简叫杨俭，帅叫秦帅，而我叫郝菲。

看到这些名字,很多人都以为这是我故事里虚构出来的名字,但其实她们就是这世间真实存在的人。她们有很多共性,又各不相同,温暖着我的人生,让我不孤单。

而帅只是我的一个网友,在遇见时,我从未想过她会永远存在我的生命里。前两天,我去杭州,发朋友圈说:"到杭州了。"我收到帅的留言,她说:"戒,到杭州了见面吗?说了很久要见面,终于有机会了。"我说:"好。"

还记得一起写文的时候,她曾经说过:"戒,等着我,有一天我带你一起逃亡,一起去流浪。"那时候,我们都痴迷安妮宝贝。我一直记得她说"我们要一起逃离这生活,去寻找生活的净土"。

那时我们都还是个孩子,总是喜欢为赋新词强说愁。后来很多年,再看当年的文字,发现我们那时候的文字是那般纯净。我们一起写文,给对方写信,相互理解,有着共同的情绪,就连想法也相同。我记得那时她的脸,纯净里带着忧伤,那双大眼睛里有说不尽的故事。她总是忧伤的,比我还要多愁。

她的文字充满灵性,总是能冲击我的心灵。我爱她,爱她的文字,也爱她那份与众不同的忧伤。那时候,她总是对我说:"戒,愿安好。"后来我再也没有用过安好这个词,只有给她留言的时候,才会说"安好"。这句"安好"成了我们彼此的专属词。

对的,帅是我的一个网友,极少见面,可是一直存在我的生活里。

我们从2008年开始一直在空间写文,一直到2012年放弃。整整三年,我们就那样长大,再也不会轻易说出生活的悲伤,我们变成了另一个人,隐藏着生活的苦难,奋力向前。

空间的动态里渐渐没有我们的日记,只留下生活的足迹。我们用尽全力在生活,不会再写让人忧伤的句子。突然我们都变成了奋进向上的青年,动态里都记录着生活的美好。

见面那天,我们已经认识整整十一年了。2012年之后,我们都渐渐搁置自己手里的笔,开始投入生活。她过上我想要的生活——四处流浪、独身。照片里的她阳光灿烂,停留在不同的地方。

我说:"帅,好羡慕你可以活成自己想要的样子。"

她说:"戒,等哪天我到你的城市,带你一起去流浪。"这是她第二次跟我说这句话。

此时我们已经认识四年,我在她的动态里关注她的生活,她总是会在深夜给我留言,讲述自己的生活。2013年,她留言给我:"戒,我要到你的城市去了,我们见面吧!"而那一次我们并未相见。那一年,我的生活陷入困境,我把自己困在自己的世界里谁也不想见。

她离开的时候发消息给我:"戒,再见,我们肯定会再次相见的,安好。"

那天我看着这条消息突然矫情地哭了,不知为何。我依旧会看她的动态:她恋爱了,失恋了;她离开一个城市,在另一个城市停留;她开始迷上瑜伽,总是在不停学习各种瑜伽课程。她的脸上再也看不见年少时的忧伤,总是挂着恬淡的微笑。

那时候的她是我生活的动力,让我觉得总有一天我们会活成自己想要的样子。我留言给她:"帅,我好喜欢你现在的样子,愿安好。"

她的脚步从来没有停歇,总是在追逐自己想要的生活。而我被困在世俗里,结婚生子,为了生活奔波,经历破产,生活一团乱麻,找不到前行的方向。

2014年,我们开始玩微信。她留下她的微信号给我,而QQ成了曾经的回忆,很少触碰。

她的朋友圈永远都是正能量,我总能看见她用尽全力在生活,看起来幸福而肆意。当初一起写文的那群朋友,大多消失不见了,唯独她还在。但她也早已弃了手里的笔,不再写字。

我问她："帅，你以后还会写吗？"

她说："戒，我发现现在的我已经失去了写作的能力。"

她说："戒，你不应该放下手里的笔。"

而我却无法回答，因为那时，还有比写作更重要的事情需要我去做。2016年，我遇见简书，重新开始写文。每天写完文字总是分享在朋友圈。帅每天都会给我打赏，有时几块，有时几十，有时上百。她不曾留言，总是默默打赏。

我知道她用心在支持我。有一日她跟我说："戒，不要放弃。"后来我想起我拿起的笔或许也有她的期望。

这世间的情感就是如此奇怪，明明只是陌生人，可是她却存在于我的生命里，影响着我。在失意时，她是我的希望；在孤独时，她是我心里的慰藉。心里总会给她留下一席之地。

见到她的那天，我刚走进餐厅，就看见她冲着我招手，她说："戒，我在这里。"

这情景好像曾经已经发生过很多次一样自然。只有她会把"戒"叫得那般好听，让我动容。她身边坐着一个长相普通的男子，她冲我笑说："戒，这是我的男朋友。"我坐在她的对面看着这个认识十多年的姑娘，这个曾经说要带我逃亡的姑娘。

她用心地询问我喜欢吃什么，知道我吃素，特意点了各种素菜。她的男友坐在她的身边，她看起来幸福。我们终究都失去了当年的锐气，成了这世间一个普通的女子。她比我想象中还要漂亮千倍，针织毛衣、长裙、素颜，眼睛还是那般明亮，总是微笑。

彼此没有一丝生疏。说起我们这些年的生活，他的男友竟在身边一直感叹："你们两个简直太像了，就连某些生活观都完全相同。我终于明白你们为什么可以成为朋友。"我们相视一笑。那天我想到一句话：原来这世间，会有另一个你在世界的某个角落替你生活。

她说："我看了你现在写的文字有更多的隐忍。原来我们再也无法直白表达我们的情绪。"这就是长大的代价，就连说话都变得隐忍。

记得年少时的不快乐，总是会肆无忌惮地写出来，如对于暗恋的痛苦、对于生活的绝望、对于未来的期待、对于某个人的厌恶，还会说脏话，会骂人，会愤世嫉俗。而现在这一切已经无法再理所当然地说出来。她终究还是懂我的，她可以看见我文字里的隐忍。

她说："戒，你现在的文字，就连痛苦都被你粉饰得平和。"

当她说出这句话的时候，我差点落泪。我不知道为什么会变成这样，难道只是因为长大吗？

她跟我讲述自己的生活，讲述她的爱情。我终于明白，她为什么会选择这个长相普通的男子。原来品格才是男人最好的仪表。我知道她会幸福，因为这世界上有一种人，她会给自己想要的生活，无论身边是谁。

我坐在她的身边拥抱她。她的身体冰凉，跟我想象的一样。原来我们都是淡漠的女子，就连血液都是冰冷的。跟她合影，留下属于我们的回忆。

只是我没有想到，那一次相见，竟然是我们人生第一次也是最后一次见面。

2019年冬天，有人在我写给她的那篇文章下面留言"她因病离世"。我记得很清楚，那天是腊月里的一天，太阳很大，却很冷，冷得我瑟瑟发抖。

我翻开她的朋友圈，发现她已经很久没有更新了。

我发了一句："嗨，我的姑娘，等你来我的城市我们一起去流浪。"

过了很久，那边一直没有回应。我知道，那件事是真的，她真的不在了，她走了。

我用了很长的时间才接受她离世的消息，我决定写下她的故事，让她在我的文字里永生。

女孩

她叫筱，我们是同学，但不是同班，因为文字而惺惺相惜。她是这世界上唯一完整看过我写的那本《乍暖还寒》的人了。

那一年我们高三，大家都在拼命地学习、考大学，只有我活在自己的世界里。

那一年我写了本小说叫《乍暖还寒》，从腊月一直写到来年五月份，手写，写完了三个笔记本。等我写完的时候，才知道原来距离高考就剩下不到一个月了。我就是在那时候认识她的。记得她说，我看过你写的小说，我懂你想要的生活。那时候，手机并不流行，只要我写完一个笔记本，大家就拿着那个笔记本传阅。笔记本从我们班传到别的班级，最后回到我的手里，只是回来的时候，后面就会有很多评语，就像如今文章下面的留言板一样。看着大家的留言，我坚信自己会成为作家。

她就是在她同桌手里看到我小说的，然后给我写了长长的信夹进笔记本送了回来。从那天之后，她几乎每天都会给我写信，她会在开头写上"亲爱的戒"。

她说："戒，你这本小说的完结篇，我要第一个看。"

我说："好。"

写完《乍暖还寒》那天，已经是五月了，宁县的天气已经开始变暖。那天我把小说交给她，我说："筱，你是这本完整版的第一个读者。"她很开心地拿过我递给她的本子跑了。那一整天，我都没有见她。一直到第二天早晨，她把小说递给我，啥也没说就走了。

我回去打开笔记本，再一次看到她的信。

她依旧在开头写着："亲爱的戒，让我带走你的忧伤，带你踏上火车，去寻找你要的远方。"

她写了很多故事，我记得最清楚的一句是她在结尾的时候肯定地说："你会成为作家的，戒。"写完小说之后，已经快要高考了。大家每一个人都很紧张，只有我是悠闲的，还在逃课，去图书馆看小说，策划着一场逃亡。那时候我讨厌这座城市，也讨厌这里的人，一心想着逃离。

她说:"戒,毕业之后,我们一起逃走,去远方,去墨脱,去你想去的地方,我们一起去流浪。"

我说:"好。"

高考结束那天早晨,我一个人离开了小城,去了长安。她并没有跟我一起走。我看到她在QQ空间给我留言说:"戒,我可能要复读了,我妈说我一定要读书。"我没有回复她,那时候我恨她无法履行自己的诺言。

再后来,我们就分开了。她上了大学;我放弃了梦想,一把火烧了曾经写下的所有作品,把所有的幻想全部放下,为了生活走进了社会。她一直在上学,一直在写小说,写唯美的爱情、凄美的仙侠等类型的作品。我会在网络上看到她的名字,在榜首看到她的名字。她依然会给我写信,在自己的QQ空间里。

她说:"你送给我的戒指丢了,我很难过。"

她说:"戒,我打耳洞了,一个耳朵上打三个,原来一点都不疼。我也可以和你一样酷酷的了。"

她说:"我总是会想你,不知道你在远方好吗?"

她说:"戒,我和男朋友分手了,好难过。"

她喜欢叫我"戒",那时候我的笔名叫"戒亦尘",很多人都叫我"尘"。

她上高中的时候就恋爱了。男朋友个子不高，也不帅，但是对她很好。我总是见他们黏在一起，像是连体婴儿。我能看见她的快乐，看见她眼睛里的光。

她说："我们大学毕业之后就结婚。"她写了很多关于他们的故事。那个并不帅气的男孩，在她的故事里完美得像上仙。她会给他写各种各样的情书，他亦会用心回复她。我以为他们会爱很久，会结婚，会生子，会一生。谁知道大三那一年，他们分开了。异地恋终究是太过辛苦，曾经的诺言随着距离也渐渐消散，直到忘记。那一日他对她说："我们分开吧，我累了。"

她说："好。"没有一句挽留，五年的感情就这样结束了。那一晚她给我打电话，哭得像个孩子。那时候，我已经结婚两年了，孩子都一岁了。

我说："你来我的城市，我带你看长安城的繁花似锦。"

她果然应了我的召唤。事实上我并未带她看长安的美景，而是在我的黑屋子蜗了三天。她真的来了，那是我们分开三年后的第一次见。她穿着碎花裙子，编着辫子，眼睛有些微肿。她刚一看见我，就冲过来抱着我说："戒！我终于再次看见了你，我很想你。"

她变了，画着烟熏妆，手里衔着一根细烟，眼眸里有泪。

她看着我说："戒，你变了，你一点都不像你，你看你现在苍老得像个妇人，你幸福吗？"

我不知道怎么回答她，我们就那样在那条街上走着。长安的太阳晒得人心发慌，她转过头对我说："我以为你会一直写下去，我以为你会成为一名作家。"她像是喃喃自语，又像是在质问，我竟无言以对。

我从她眼里看到了失望。本来是她失恋找我安慰她，可是，她看见我的生活，好像更悲伤了。那时候我住在城中村的黑房子里，早晨六点多出门赶公交车去上班，晚上八点才回家。

她在我这里待了三天就走了，离开那天她递给我一封信。里面只有几个字："你的灵魂已死，你丢了自己。再见，我的戒。"

我知道她失望极了，我已经不是她心中那个自由的、肆意的戒了。那天离开之后，她很久都没有联系我。只是偶尔会收到她发给我的信息，都是很无厘头。

比如："在出差途中，经过你的城市，很想你。"

我看见了我们以前的信，再次想起曾经的青葱岁月。

"戒，我放弃写作了，我终于体会了你的无奈。"

…………

她毕业之后，一直游荡在各个城市，工作始终不稳定。她放下了手里的笔，我很久都没有看见她的作品了。我开始写作之后的某天，我再次收到她的信。

她说："戒，我就知道，你会找到你的灵魂，重新活过来的。"

读她的信，我感受到她的快乐，像是完成某种心愿一样的快乐。

她依旧会叫我戒，她说："我没有告诉过你，我一直很想成为你那样的人。你知道那天我看到你放弃了梦想，连同你身上那些肆意任性一起丢失的时候，我就像失去了信仰，心都空了。"

至今她一直独身，在一家保险公司工作。她说："戒，我已经对文字没有期望了，你一定不要放弃手里的笔。"

我问她："你一个人孤独吗？"

她说："戒，这一辈子我一个人过，幸与不幸，我都一力承担。"

她说："戒，我一直在家，却感觉像是在一直流浪。"

那一刻我知道，她的心是自由的，她始终坚持着自己的坚持：如果没有遇见那个最爱的人，情愿独身。她放下了文字，找到了自由。

她说："其实我们都是用文字来寻找希望的人。"

我想可能是吧！我已经很久没有见她，依旧会想她，想她喊我"戒"时的模样。

我问她:"你现在觉得幸福吗?"她说:"如果我无法背起行囊,去远方,就这样忙忙碌碌地工作也是最好的样子。"

原来长大以后,我们也无法拥有我们想要的生活,可能人活着一生都在选择,都在追逐远方的光。

早晨起床,我收到她的微信。她说:"戒,其实我们没有一起坐过火车,可是很奇怪,我看到火车轨道就会不由自主地想你。别人说西安,我也会很想你。"

也许我们一直都是彼此内心的信念。她是我前行的力量和勇气。我是她的远方和自由。我回复她说:"等你重新拿起笔来写我们的故事。"

一直到现在我也没有收到她的回复。

或许她在写,又或许她真的已经放下笔选择了现在的生活。

流浪

我在荒野中醒来,我在车水马龙的城市中醒来,我在街头收集故事,我开始流浪。

十七岁的时候,有个女孩跟我说:"戒,长大后,我们一起去流浪。"我记得她叫筱。

十九岁的时候,有个女孩跟我说:"戒,有一天,我会到你的城市带你一起去流浪。"我记得她叫帅。

后来我们在茫茫人海中走散了。

我二十七岁那年,筱经过我的城市,发消息给我:"戒,后来,我活成了你的样子,开始抽烟,四处漂泊,无法安定,而我却是那样孤独。今天经过你的城市,突然好想你,想知道你好吗?"

我二十九岁那年,去杭州旅行。帅发消息给我:"戒,欢迎你来到我的城市,我要去见你。"她是我的笔友,那时候我们还很年轻,一起写文,她喜欢喊我"戒"。我们都想去流浪,我们都痴爱文字。

她比我想象中更美,我轻轻拥抱她,像是许久不见的老友。

我三十一岁那年,有人告诉我帅消失了,她离开了这个世界,永远地不在了。

我记得那应该也是这样的冬日。我反复翻阅她的朋友圈,而她再也没有更新过。那个说要和我一起流浪的女孩没了。我好难过,我一点也不能接受,那么美好的女孩就这样没了。

再后来,筱也没了消息。年前回家,听人说,她结婚了,似乎安定下来了。

这一年,我开始流浪,在荒野里煮饭,看太阳升起、太阳落下,走在陌生的街头,去公共厕所里洗漱,踏着路灯的影子前行。我突然就想起了她们,而我身边已经没有了她们。

我把这个故事讲给了身边的女孩,她们都哭了。她们替代了筱和帅与我一起去流浪,在风里奔跑,在古城墙下大笑,在汉江边上漫步,在襄阳街头收集故事。

我总能想起她们,想起我们的十几岁,想起那些青春年华。我坐在街头收集故事,带着我们年少时的梦想。我们曾经都痴爱文字，我们以为长大了我们都可以成为作家，我们可以四海为家浪迹天涯。我看着来来往往的人群，总能看见她们的样子。她们冲着我笑，好像在说："戒谢谢你，完成了我们的梦想。"

我坐在人群中，听路人给我讲故事。她们在生与死中挣扎，她们寻找着生活的希望，她们心怀梦想，她们想知道活着的意义，她们向往自由，她们轻轻地在我耳畔诉说着那些藏在心底的秘密。我的心不断地被大家的故事冲击着，跟着她们笑，跟着她们哭。我的人生在那一刻变得不一样，生活也变得不一样。

这一年我三十三岁，我像作家一样去写作，像作家一样去生活，也像作家一样去流浪。我在尘世间行走，我在尘世间寻找归宿，我在尘世间感受风和雨的声音。有时候，我会找不到自己。我开始写故事，当我开始写故事，我就会活过来。

我一边流浪，一边写故事，一边在街头做很多人的树洞，一边想念迪哥和儿子。我不知道我喜欢流浪，还是喜欢安定。夜深人静，我总能想起家，想起为我弹吉他的儿子，想起跟我说"其实风筝最自由，因为它有归宿，可以飞翔，也可以落下来休息"的迪哥。他说："风筝因为有线才会飞得更高，如果没有线就会坠落。"我知道他觉得我是风筝，他是线。

流浪的生活像一场梦，魔幻而不真实，快乐和孤独是那样分裂。极致的快乐和极致的孤独会同时出现。我在半夜醒来，静静地听外面的声音，有时是鸟叫声，有时是车鸣声，有时是呼啸而过的风声。黑夜里一切都是那样分明。

早晨醒来启程去另一个城市，窗外极速而过的风景不断变化着。再次出现在一个陌生的城市，站在熙熙攘攘的街头，看人来人往。不同城市人的神情也完全不同，每一个地方都有属于自己的语言。这种强烈的地域色彩让这个城市变得与众不同。累了，在营地搭起帐篷，泡一杯热茶，看书喝茶，或者开始书写听到的故事，抑或是打电话给家里人。

我想，这大概就是我们十几岁所向往的流浪生活吧！

松弛

三十三岁是个很奇怪的年龄！一看到这个数字，我总感觉它把我的人生分成了两半：一半是三十三岁以前，一半是三十三岁以后。

三十三岁以前，我一直在寻找，寻找我的梦、我的爱人、我想要的生活、我的未来、我的希望、我生命的意义。在寻找的路上，有过迷茫、彷徨、孤独、痛苦、无助、绝望、无力。当一切成为过往的时候，再去看那些艰难的时刻，好像没有大不了，好像所有的困境只要过了，都可以变得风轻云淡。

我仔细回想三十三岁以前的生活。三十三岁以前的我，真的一切都不一样了。这个不一样不是成就，而是我这个

一半诗意，
一半烟火

人不一样了。

十八岁的我，肆无忌惮，特立独行，标新立异，天不怕地不怕。

二十八岁的我，平静如水，没了以前的锋芒，内敛而隐忍。

三十岁的我，飘忽不定，内心虚无，找不到自我。

三十三岁的我，恋家，喜欢一切稳定不变的事物，讨厌变数，成了大多数人眼中的俗人。

我不知道我变好了，还是变得更无趣了。我曾经的豪情万丈，在生活中渐渐被吞噬。我已不再年少，有时候，一觉醒来，看到儿子已经长大，看到爱人还在身边，就觉得无比幸福。远方不再是我的梦想，不再向往流浪，不再渴望漂泊，甚至有些害怕一个人无依无靠的日子。我不得不说，我变得很彻底，完全成了另一个自己。失去了我原来引以为傲的所有，变成了一个平庸且平凡的女人。

我甚至开始享受。早晨起床去买菜、买肉；中午做一顿午饭，和孩子、爱人一起围着餐桌吃饭；下午去公园里晒太阳；晚上和他们一起读书、聊天、看电视。看着他们笑的样子，就觉得很幸福。你不知道，我曾经多么讨厌进厨房；你不知道，我曾经多么讨厌婚姻带给我的束缚。如今这一切却成了我的幸福。

我依然常常思考，我的人生意义是什么？找不到答案的时候，我会绕着这座小城的大街小巷到处走。每一次出去，都会对生活有新的感悟。

可能很多人都如我一般活着，活过一日又一日，一直到容颜苍老或者突然生命终止。我有时候也会想，我何时会死？那时候，我会想什么？会满意我就这样平庸地度过一生吗？

这样天马行空的想象，还是会经常出现。有时还会杞人忧天，为这个世界担忧：核污水、战争、核武器，地球还有未来吗？不过这些对于生活似乎没有太大的影响，无论对未来有什么样的预测，还是会认真吃饭，好好睡觉。以前总觉得无意义的事情，现在却甘之如饴。这样的变化，让我深刻地认识到，我已经不再是之前的我了。

三十三岁这一天，太阳依旧如往常一样升起来了，它对于所有人都是一个普通且平淡无奇的一天，对我却不一样。我变成了另一个我。这三十三岁的我，将替代曾经的我活在这个世界上，去向未来。

过去的我彻底消失了，除了记忆什么也不剩了。或许又过了很多年，连记忆都没有了。大多数人都会以为，我一直是这个样子，这就是完整的我，真实的我，但只有我知道，其实不是。

不过对于大家来说不重要了，对我来说也不重要了，重要的是我三十三岁了。

三十三岁之后，我要过怎样的生活，还是值得讨论的。小时候，我总是偷偷想，长大了不要做母亲一样的女人，围着家，围着孩子。我努力摆脱这一切，而现在，我发现我还是变成了如她一样的女人。这到底是命运的轮回，还是世间的幸福本就如此？我不太懂，但是我隐约知道，这就是我想要的生活，我并不抗拒成为这样的女人。我失去了独立女性的所有特点，我成了我妈那样的女人，恋家，贪恋现下的小幸福。

按理说，我不应该成为这样的人。至少在大众的眼中，我不该如此。不过，别人的想法，对我来说，并不那么重要。这么看来，三十三岁的我还是一如从前一样叛逆。

三十三岁以前，我一直如男人一样活着，即使累的时候，也从来不说。当所有人夸我勤奋、夸我努力、夸我有韧性，我都欣然接受，其实我压根不想如此累。

小时候，我爸妈经常跟我说：只要勤快，就有饭吃，不然容易饿死。所以受他们影响，为了有饭吃，我一直以来都很勤快。不过以后的生活，我想过得更松弛一些，不要那么累，不用那么拼命，像一个小女孩一样，可以偷懒，可以有很多假期，偶尔可以什么都不做。

这样的生活大概是我所希望的未来生活。

完稿于2023年9月11日。

第10次修改2024年6月1日。

——无戒

后记

从未花过如此长时间去整理一本书。去年编辑张倩老师联系到我，跟我说："你想不想出版一本散文集。我非常喜欢你的散文，希望我们可以合作。"我说："好啊。"能遇见欣赏自己的编辑，十分不易，我非常幸运遇见了张倩老师。我们聊了许久，确定了主题。我开始整理我以往写过的散文稿，从三百多万字整理出来一本书不是一个小工程。

那大概也是六月的时节，我躲进书房里，没日没夜地看稿子，看着看着笑了，看着看着又哭了。那些被遗忘的瞬间被文字唤醒。生命在文字里留下了痕迹，让我对写作的意义有了新的理解。那些曾经已经消失的人，被遗忘的故事，在文字里获得了永恒。

从三百多万字里整理出来了四十六万字的稿子。又从四十六万字，删减到十五万字。和编辑反复商议之后，又从十五万字，删减到七万字。又从七万字写到十几万字。就这样不断地增加稿子，又不断地删减稿子。以前从未有过这样的耐心去反复修改一本书。

　　刚开始写作的时候，无论写成啥样子，迅速完成，立刻发布，然后不断刷新数据，等待着读者的反馈。

　　后来开始写小说，和读者完全没有连接，如同在黑夜里独自摸索前行，这个过程孤独至极。作品一旦完成，也从不修改，就那样无所顾忌地拿给读者。

　　小说出版之后，作品反馈还不错，没有人看出来那是一本未经雕琢不完美的作品。

　　有时我发现，某些缺陷也是作品特性的一部分。

　　如今再去写书，总是控制不住想要修改，有时一个词，反复换，换到最后，又觉得都不够恰当，还是换回了原来的那个词。有时因为写了一个颇有道理的句子，欣喜若狂，第二天却发现这个句子看起来有些多余，又悻悻删去。

　　尤其这本散文书，常常把一篇文章的开头删了写，写了删，最后一生气索性全删了，重新写。

　　因此四十六万字的稿子，最后只剩下七万字了。如此反反复复，好不容易写完稿子，却发现现在的风格和原来文字的风格完全割裂，又开启了删删删、写写写。某些时刻非常崩溃，常常需要反复回读以前的稿子，读着读着又自夸了起来，便又觉得这样反复修改是值得的。

出版一本散文集，远比出版一本小说更为艰难。这种一篇一篇的小短文在组稿的时候，禁忌非常多。不仅仅要考虑稿子质量是否过关，还要考虑文章主题是否统一，反复检查是否有相悖的观点，最后还要剔除相近的主题，避免重复。最难的一点是，这本书跨越十年，文字的风格一再变化。

很多年前的文字情感丰富，但是文笔相对稚嫩。

现在的文字大多冷静客观，文笔相对老辣。

这种文字本身的特点很难修改，一旦统一修改，就会变得别扭和刻意。后来我和编辑达成统一意见，保留这些文字原来的特性。在做这本书的时候，张老师一直在跟我说："我们一定让无戒始终是无戒，你的个人特性我觉得一定要保留。"

所以我很幸运地按照自己的意愿去做了这样一本书。

散文是最接近真实的一种文体。这本书，就像把我层层剥开放在大众面前。也因为如此，我才了解到真实的自己是什么样子，想要的生活是什么样子，以及生命最好的状态是什么样子。

欲望、执念、痛苦、得失、生死、离别、梦想，这些生活中绕不开的话题，几乎都出现在书中。

每一个人的一生都在寻找这些问题的答案。在整理完这本书之后，我发现，其实这些问题本身并没有答案。不同时间，不同年龄，不同经历，对这些问题会有不同的答案。

不过不论哪种理解，对于当下的自己只要能够自洽都是最好的。

这本跨度十年的作品本质是一场现在和过去的对话。它们一起在探讨一个问题，人到底要如何过好这一生？

我曾向往诗和远方。

如今我却安于现状。

很多人过着和我一样的日子，你说到底哪种才是幸福呢？

想来读完这本书，你一定能够找到答案。感恩遇见你，愿你安康幸福。

——2024年6月1日

无戒写于西安鄠邑区